小学館文庫

私はスカーレット Ⅲ

林真理子

JN053904

小学館

【主な登場人物】

スカーレット・オハラ（ハミルトン） ……………… 物語のヒロイン。ジョージア州にある大農園タラの主《あるじ》の長女。人を惹《ひ》きつける美貌と激しい気性の持ち主。物語の冒頭では16歳。

メラニー・ハミルトン（ウィルクス） ……………… 謙虚さと慈愛の心を持つ聡明な女性。従兄のアシュレと結婚。アトランタで叔母と暮らす。愛称はメリー。スカーレットより１歳年上。

レット・バトラー ……………… チャールストンの名家の出身だが、家からは勘当されている。商才があり独自の哲学を持つ不思議な男性。物語の冒頭では33歳。

アシュレ・ウィルクス ……………… スカーレットが恋焦がれるウィルクス家の長男。芸術や読書、ヨーロッパの文化を愛する青年。父親はジョン・ウィルクス。メラニーと結婚。

ピティパット・ハミルトン ……… アトランタに住むチャールズとメラニーの叔母。愛称はピティ。

ヘンリー・ハミルトン ……………… チャールズとメラニーの叔父。ピティの兄。

プリシー……………………………… オハラ家の使用人の少女。アトランタでスカーレットに仕える。

ピーター ……………………………… ハミルトン家の執事の奴隷。

ミード夫妻 ………………………… アトランタ在住の医師とその妻。長男ダーシーに次いで次男フィルも戦争で失う。

メリウェザー夫人、エルシング夫人、ホワイティング夫人…… アトランタに住む実力者の妻たち。格式を重んじる人々。メリウェザー夫人の娘はメイベル、エルシング夫人の娘はファニー。

ウェイド…… チャールズとスカーレットの息子。

ベル・ワトリング…… アトランタの娼館の女主人。レットの友人。

チャールズ・ハミルトン…… メラニーの兄でスカーレットの最初の夫。出征から数ヶ月で病死。

ジェラルド・オハラ…… スカーレットの父。大農園タラの主人。

エレン・オハラ…… スカーレットの母。フランス貴族の血をひく貴婦人。

マミイ…… エレンが実家から連れてきた使用人。スカーレットの乳母。

ポーク、ディルシー…… オハラ家の使用人。プリシーの両親。

サム…… オハラ家の農園の使用人。愛称はビッグ・サム。

スエレン、キャリーン…… スカーレットの妹たち。

ハニー、インディア…… アシュレの妹たち。

タールトン兄弟…… 血の気の多い双児の兄弟。兄スチュワートと弟ブレント。どちらもスカーレットに想いを寄せていたが、兄弟のトーマスとボイドと共に戦争で命を落とす。

タールトン家、カルヴァート家、フォンテイン家、マンロー家…… タラ農園の近隣に住む名家。

――前巻（『私はスカーレットⅡ』）のあらすじ

十七歳で未亡人となったスカーレット・オハラは、アトランタにある亡夫チャールズとその妹メラニーの生家に幼い息子と身を寄せるも、退屈な日々を送っていた。最愛のアシュレ・ウィルクスは戦地に赴き、かつてのボーイフレンドたちも戦争に駆り出されている。未亡人という身の上では世間がうるさく、大好きなダンスパーティーに行くことも叶わない。

そんなある日、アトランタ史上最大といわれる舞踏会が開かれることになり、スカーレットは会場の売店を手伝うことに。華やかに着飾る人々の隅の方で黒ずくめの喪服に身を包んだスカーレットは、「このホールで私よりも綺麗《きれい》な女はいなかった」と自身の身の上を嘆く。大好きなダンスの曲が始まると、スカーレットの体は自然と揺れる。やがて誰かの視線を感じて振り向くと、そこには高級な黒いスーツに身を包んだレット・バトラーがいた。

パーティーの終盤、南部連合の資金集めのために金品や宝飾品の提供が求められ、スカーレットはチャールズからもらった結婚指輪をあっさり差し出す。「なんてうるわしい行為でしょう」と、スカーレットの胸の内を読みながらも嫌味を言うレット。続いて主催者は、この場で踊りたい女性を男性が指名し、競《せ》り落とすことを提案。叫び声と興奮のなか競りが始まる。すると場内から「チャールズ・ハミルトン夫人に百五十ドル。金貨で」という声がかかる。とんでもない額でスカーレットを指名したのはレット・バトラーだった。喜んでその申し出を受けるスカーレット。冷ややかな観衆の視線のなか、レットと数曲を踊りきった。

スカーレットは十八歳になったが、外出する際にはまだ喪服を着なければならず、不満を募らせている。戦況は悪化。アトランタでも物資が乏しくなり、皆、着るものや食べるものにも困っているというのに、レットはしばしばスカーレットを訪ねては、「緑色の目の偽善者さん」などとからかいつつ、高価な衣装や菓子をよこしてくる。

クリスマスシーズンが到来し、アシュレが二年ぶりに帰還する。スカーレットのアシュレへの思いはさらに募り、結晶のようになっていた。妻のメラニーや父親、妹たちに囲まれるアシュレ。一週間の休暇が過ぎ、彼が戦場に戻る日、ようやく二人きりの束の間の時間を得たスカーレットは、餞別《せんべつ》のサッシュを渡してアシュレにキスをし、「今までずっと愛してたわ。世界中の誰よりも」と再び愛を告げる。しかしアシュレは何も答えず、「さようなら」とつぶやき、部屋を後にする。

南部人の楽観的な見方に反し、南部戦線の中央部も激戦の末、北軍《ヤンキー》の手に落ちる。スカーレットの幼なじみたちは戦場に散り、アシュレも行方不明との報が届く。折しもメラニーはアシュレの子を身ごもったばかり。アシュレの安否を確かめに毎日電信局へ通うメラニーは、ある日局で倒れ、レットに抱えられて帰ってくる。しかし二人は、アシュレが捕虜収容所にいることをレットを通じて知る。メラニーの妊娠に絶望していたスカーレットだったが、胸の内にはまた一筋の光が灯るのだった。

私はスカーレット　Ⅲ

18

せっかくオンドリが、命を捧《ささ》げてくれたというのに、その夜の夕食会は最悪なものとなった。そう、レットのせいだ。

食事の最中はまだよかった。

食後に、レットのお土産のボンボン菓子が出て、女たちはいっせいに歓声をあげた。ボンボンなんて何年ぶりだろう。

そして男の人たちが秘蔵のブラックベリーのワインを飲もうとしたら、

「これとご一緒に」

とレットが本物のハバナ産の葉巻を取り出した。信じられる？　極上の葉巻。これにはレットのことを「ハゲタカ」なんて言っている人たちもうなった。夢のようだ、とつぶやきながら、葉巻に火をつけて、あたりはあの独特のにおいに包まれた。

そう、懐かしい贅沢《ぜいたく》なにおい。パーティーの後、男の人たちだけで集まって、葉巻や食後酒をやりながら、政治談議をするのが南部のならわしだった。

今は男の人たちも女性たちに合流する。だって若い男性はまるでいないんだもの。そして話題は戦争のことだけ。

みんなこんなに貧しく苦しい生活をしているのに、絶対に勝つのだと信じている。

「まあ、もうじき戦争は終わるだろう」

ミード先生が言った。

「軽く一戦交えれば、北軍《ヤンキー》どもはいちもくさんにテネシーに逃げ帰るに決まっている。フォレスト将軍が始末をつけてくれるはずさ。州境の山中にはジョンストン将軍が鉄壁のように立ちはだかっているんだ。我々は何の心配もしなくていい。ご婦人方もどうか心を安らかにして暮らすことだね」

私たちは深く頷《うなず》く。ミード先生の言うことは絶対なんだもの。もちろん私は「あれ……」と思うこともいっぱいあるけれども、深く考えないようにしている。

戦争は、深く考えないことと、希望とが同じ意味を持つって知ってた？

その間、レットはずっと黙り込み、居眠りする私の息子に肩を貸していた。その口はずっと〝へ〟の字のまま、そしてついに堪《たま》りかねたように、その〝へ〟が大きく動いた。ミード先生が相手方の将軍を罵《ののし》った時だ。

「シャーマンなんかに、州境を突破出来るわけがないだろう。ジョンストン将軍は絶対だ」

「しかし噂《うわさ》では、シャーマンの軍は、十万人を超えるそうです。もう援軍も到着したようですよ」

「それで」

ミード先生はレットを睨《にら》みつけた。先生は彼の葉巻に喜ばなかったたった一人の人。なんでお前がこの夕食会にいるのだという態度を崩さなかった。だけどそれをずっと抑えていたのは、ピティ叔母さんのうちだということと、客としての礼儀かららだったんだ。しかし先生は、レットへの敵意をもう隠さなかった。

「それがどうしたっていうんだい」

「確か、そこにいらっしゃる大尉はこうおっしゃいました。ジョンストン将軍の軍はわずかに四万だと。先頃の勝利を知って、舞い戻ってきた脱走兵を入れてです」

「まあ、なんてことおっしゃるのッ」

ミード夫人がキーッと声をあげた。

「南部連合軍に脱走兵なんて一人もおりませんわ」

「これは失礼いたしました」

彼は私の大嫌いな、人を小馬鹿にしたようなへりくだった言い方をする。

「私が申しあげたのは、休暇で連隊を離れたまま戻るのを忘れてしまった者とか、ケガが治って半年以上もたっているのに、軍に戻らず畑仕事をしている者のことですよ。そういう人たちは何千人もいるそうですからね」

これには私も、そうね、とうっかり声を出しそうになった。

そう、戦争に行っているのは、タールトン兄弟やアシュレのような南部の大農園の息子たちばかりじゃない。

小作農たちの息子も、いっぱい出征しているのだ。彼らは家族からのたどたどしい文面の手紙を受けとる。

「南軍の兵站部《へいたんぶ》に、子豚を全部とられました」

「みんな空腹をかかえ、干し豆だけで食いつないでます」

この手紙を読んだ彼らは、故郷に帰り身を隠す。そして力ずくで軍に連れ戻そうとする憲兵に抵抗するのだ。

彼らはいつのまにかこの戦争のことを、

「貧乏人が戦う金持ちの戦争」

って言っているらしい。

でも彼らにも愛国心があるから、畑を耕し、植え付けを終え、家を修理する頃合いを見はからって、軍から手紙が届く。

「今までのことは不問にするから戻ってきなさい」

レットの言っている脱走兵というのは、こういう人のことなんだ。だけど表現がどぎつ過ぎる。その場はすっかり気まずい雰囲気になってしまった。

ミード先生がまた口を開く。

「バトラー船長、わが軍と北軍の、兵士の数の違いは問題ではありません。一人の南部人は、一ダースの北軍に匹敵するんですから」

女性たちは深く頷いた。そう、これはもう信仰みたいなもの。

「戦争が始まったばかりの頃は、確かにそうでしたね」

レットはさらりと言う。

「たぶん今でもそうでしょう。銃に込める弾丸と、足にはく靴と、腹に入れる食べ物さえあれば話ですがね、ねえ、大尉」

その大尉が黙りこくると、ミード先生が突然、大声をあげた。

「我らが南部連合軍は靴がなくても戦ってきたんだ！　食わずとも勝利をおさめてきたんだ！　だから今度もまた勝つ！　いいか、ジョンストン将軍が敗れることは絶対にありえん。あの州境の山塞《さんさい》は、言ってみればテルモピュライなんだ」

テルモピュライって何のこと？　まるっきりわからない。レットが口元をゆがめ、笑いをこらえたまま尋ねる。

「しかし先生、テルモピュライでは、守る兵士が全滅しているのではありませんか」

「君は私を馬鹿にしているのか！」

先生はついに怒鳴り声をあげた。

「とんでもない。それは誤解というものです。私は古代史の知識が乏しいものですから、ご教示たまわりたいだけなんです」

これって完璧に馬鹿にしている。

ミード先生はもうレットを無視して、大声でこうわめいた。

「北軍がこれ以上ジョージアに入り込むのを、わが軍は絶対に許さない。あと一戦軽く交えれば、彼らを追いはらうことが出来るんだ」

ピティ叔母さんは、もうおろおろして泣き出しそう。レットを夕食に招けば、こうなることはわかっていた。いいえ、招いたんじゃない。あの男がボンボンの箱を片手に勝手にやってきたんだもの。

でもレットって、どうしてこんなに人を怒らせることばかりするのかしら。私だってミード先生の言葉に「本当かな」と思うことがある。だけど南部人の心を持っていたら、信じるしかないじゃないの。

何度も言うとおり、私たちが希望を持つ方法はただひとつ。勝つっていうこと。戦争はすぐに終わる、っていうことを信じることだけなんだもの。

「スカーレット、お願いよ、早くピアノを弾いて。歌を歌って」

叔母さんはこの場を何とか取りつくろおうとおろおろしている。

メラニーがピアノの前に座った。私は流行の歌を歌い出す。

「死んだ者と死にゆく者が横たわる
白しっくいの壁の病室に
銃剣、爆弾、弾丸に傷ついた
誰かの恋人が運ばれてくる

誰かの愛《いと》しい人
こんなにも若く、勇ましい人生
もうじき墓場の土の下に行く
優しく青ざめた顔
今もなお残る少年の日の輝き」

その時、ファニー・エルシングが、真青な顔になり小声で言った。

「お願い、他の歌にして」

そうだったわ。彼女の若い恋人も戦地で亡くなっているんだもの。

私はとっさに別の歌を歌おうとした。だけど不吉な言葉が何ひとつないものなんか思いつかない。この頃の流行歌はみんな戦争に結びついているのだもの。

その時、レットがさっと立ち上がった。ウェイドをファニーの膝にあずける。

「《ケンタッキーのわが家》にしたら？」

そうだった。フォスターがつくった十年ぐらい前の歌だけど、あれなら悲しむ人はいない。

私が歌い始めると、レットの声がそれに重なった。見事なバスだった。歌がこんなにうまいなんて。艶やかな太い声だ。

「重き荷を運ぶのもあと数日
軽くはならない荷だけれど
よろめきながら道を行くのもあと数日
懐かしいケンタッキーのわが家よ
おやすみ」
みんなも耳を傾けている。このケンタッキーという言葉を、私はタラに置き換えて心の中で歌った。

「懐かしいタラのわが家よ
おやすみなさい
私はここにいるわ　愛する人を待ちながら
まだ帰らない　その人が帰ってくるまで
その人の奥さんと待つわ」

テルモピュライっていうのは、古代ギリシャにあったすごく狭くて険しい要塞。ここでスパルタ軍はペルシャ軍に負けたんだって。

これを教えてくれたのはメラニー。彼女は本が大好きだから、何でもよく知っている。

そして私たちのテルモピュライは、よく踏ん張ってくれた。渓谷を抜けてアトランタに向かおうとする、北軍のシャーマン軍を追いはらってくれたんだ。

だけど北軍はすぐに作戦を練り直した。半円を描くようにして、後ろから迫ったんだ。

北軍は十八マイル（二十九キロメートル）もジョージア州に入ってきた。鉄道を守ろうと、南軍はじりじりと後退していく。

そしてその前方には、たくさんの避難民がいた。みんなアトランタをめざして逃げてきた。

大人も子どももいっぱいいる。列車で、歩いて、馬車で、見たこともないほど大勢の人たちが、アトランタをめざしてやってきた。途中は、住む人を失った邸《やしき》や、うち捨てられた農園ばっかりだったんですって。

ニュー・ホープ・チャーチでの死闘は十一日間も続いた。北軍はすべて撃退されたのだ。それなのに再びじりじりと迂回《うかい》作戦をとってくるから、南軍の兵士は退却するしかない。

アトランタの駅は、毎日列車で運ばれてくる死傷者であふれかえった。あまりにも大人数なので、ケガ人は無人の商店の床や、倉庫の中に寝かされた。すべてのホテル、下宿屋、そして個人のうちにも彼らは収容された。

私たちの住む家も例外じゃなかった。

「うちは女ばかりで、妊婦もいるのよ」

叔母さんは抵抗したけれど、結局は引き受けてしまった。メリウェザー夫人やミード夫人たちに逆らえるはずないもの。

メラニーはお腹を上手に隠して、ケガをした兵士たちの看病をした。料理をしスープを飲ませ、洗濯をして包帯を巻き直した。

うち中、兵士たちのうめき声と、血と膿《うみ》のにおい。こんなところで眠れるはずもない。もう、たくさん、っていう感じ。

私たちは南部連合の強さを今もまるっきり疑ってないけど、ジョンストン将軍には本当にうんざりだ。

将軍は三週間で六十五マイル（百五キロメートル）も追い込まれてしまっている。激しい戦闘のあったニュー・ホープ・チャーチは、アトランタとたった三十五マイル（五十六キロメートル）しか離れていない。

どうして北軍を食いとめることが出来ないの。戦闘に勝利しても、後退ばっかりしている将軍のことを、年寄りたちは「馬鹿将軍」と言い出した。自分たちならもっとましな作戦が展開出来るんですって。

私たちの希望はケネソー山よ。ここは難攻不落の山。人力で重い砲台も備えたと聞いて、私たちはどれだけほっとしただろう。この山がある限り、北軍得意の迂回作戦もしかけられない。問題はアトランタから、たった二十二マイル（三十五キロメートル）しか離れていないってことだけ。

午前七時っていうとんでもない時間だった。メリウェザー夫人の馬車がうちの前で停《と》まったんだ。そして黒人のレヴィじいやがやってきて私に言った。

「すぐに仕度をして病院に行ってください」

私は全然気が進まなかった。大きな声じゃ言えないけど、昨夜義勇隊のパーティーで夜明けまで踊っていた。だからもうくたくた。戦争が激しくなっても、こういう〝お楽しみ〟は、まだいくつか開かれていた。

「いやあ、どうしてもいらしてくださいと、メリウェザー奥さまからの伝言です。ファニーさまも、ボンネル家のお嬢さまたちも、いらっしゃいますから」

本当に、二人は馬車の後ろの方であくびをしながら私を待っていた。

「もー、どうしてこんなに早く、叩《たた》き起こされなきゃいけないのよ」

私はぶつぶつ言いながら、いちばん古くていちばんボロボロのキャラコのドレスを着た。いわば私の病院での仕事着。

プリシーが、なかなかうまく背中のボタンをとめてくれなくて、それにもすごく腹が立っていた。本当に馬鹿な役立たず。こんなに早く病院に行かされる身にもなってほしい。

負傷兵の介護なんてもううんざり。そう、お母さまから来た手紙のことを、今日メリウェザー夫人に話すつもりだった。お母さまは私のことを心配して、そろそろ帰ってらっしゃいと言ってくれている。

そう、タラに帰ることを、どうしてもっと早く思いつかなかったんだろう。アシュレに会いたいばっかりに、ずっとアトランタにとどまったけれども、彼は捕虜となっていつ帰ってくるかわからない。そのためにアトランタにいて、こんなに介護をやらされるのはまっぴら。

タラに帰って、娘時代に戻ったように、気がねなく暮らしたい。おいしいものを食べて、お母さまに甘えて暮らすの……。

けれどもメリウェザー夫人は、私の話を最後まで聞いていなかった。眉がぐーんとつり上がり、

「もうそんな馬鹿げた話を、私に聞かせないで頂戴《ちょうだい》。スカーレット・ハミルトン」

フルネームで言われてドキリとした。そういえば私、もうスカーレット・オハラじゃなくなっているんだ。

「お母さまには今日私から手紙を書いて、どんなにあなたが必要なのかをお話しするわ。きっとわかってくださって、こちらに残れとおっしゃるはずよ。さあ、エプロンをつけて、急いでミード先生のところに行きなさい。包帯巻きの人手が足りないのよ」

私は黙って席を立った。心の中ではアッカンベーをしていた。ふん、おいぼれ婆《ばあ》さん、いつまで若い娘たちを顎《あご》で使うつもり。私はあなたの召使いじゃないのよ。

私は病室に入っていった。そこには死にかけた負傷兵がいっぱい。

ああ、あの頃はよかったわ、って本当に思う。アトランタに来てすぐの頃、運ばれてくる兵士は、たいてい軽傷でしかもハンサムでいいうちの人たちばっかりだった。彼らからどれだけ告白されたかしら。私がこんなに若い未亡人と知って、彼らの目の色が変わったもの。

それなのに今の負傷兵ときたら、生きることに必死で、少しも私に興味を示さな

い。口を開いても、

「今、戦況はどうなってますか」

って、あえぎあえぎ聞くだけ。でも口をきけるだけでもまだましで、多くの男たちは、敗血症や壊疽《えそ》、腸チフス、肺炎であっという間に静かに死んでいく……。

その日は本当に暑くて、開けはなした窓から蝿《はえ》が群れになって入ってくる。あたりは悪臭と苦痛に満ちた声。

私はミード先生の横で、洗面器を手に持ち立っている。このあいだまでメラニーがしていた役割だったのに、妊娠したため私にまわってきたってわけ。こんなのってある？

もう最悪の気分。吐かないように必死でこらえているけど、胸の奥がむかむかしてくる。手術室では切断手術が行われてる。私はそれに立ち会わなきゃならないんだ。

クロロホルムはもうほとんど底をついているから、最悪の切断手術にしか使われない。男たちは生きたままずたずたにされる。その痕《あと》を消毒したくても、キニーネもヨードチンキもまるっきりない。

男たちは恐怖に顔をひきつらせながら、先生の診断を待っている。そして宣告。

「気の毒だが、その手は切るしかないな。そこに赤い筋が見えるだろう。切断するしかないんだよ」

そして悲鳴。もがく。押さえつける。気絶する。そして切断。その繰り返し。どうにかならない方がヘン。

午後になった。

もう私は耐えきれなかった。午後になれば列車でまた負傷者たちが運ばれてくる。そうしたら、たぶん夜まで働かされるだろう。食事も抜きで。

こんなの、もうまっぴら！

私はメリウェザー夫人が隣りの部屋にいるのをいいことに、エプロンをはずし病院を抜け出した。

大急ぎで歩きながら、きれいな空気を吸い込んだ。あのおぞましい病院のにおいといったら……。もう二度と戻りたくはないわ。

だけど街角に立つと、これからどうしていいのかわからない。ピティ叔母さんの家に帰るしかないけど、きっと大変なことになるだろう。私は病院の仕事が嫌で、ほっぽり出したということになる。確かにそのとおりなんだけど。

いったいどうしたらいいの……。口に出して言ってみたら、ますます自分がみじめになった。

「スカーレット」

私を呼ぶ声に顔をあげる。びっくりだ。レット・バトラーが、馬車でやってきたんだもの。

「まるでくず拾いの子どもだな」

私のキャラコのドレスを見て笑った。そうよ、いちばんボロいドレス。ところどころシミや汚れがあって、大きなつぎも。脇のところには汗じみもあるはず。私はいちばんみっともない格好を見られて、カッとしてしまった。

「あなたとは口をききたくないの。でも手を貸して。私を乗せてよ。どこかに連れていってよ。私はもう病院には絶対に戻らない。たとえしばり首にされてもね」

たぶんしばり首にされなくても、私はアトランタ中の人からつまはじきにされるだろう。それでもいい。私はあの切断場には二度と戻りたくはなかった。

不安から怒りは最高潮になっていく。私をこんなめにあわせるすべてのものに対して。

「私が戦争を始めたわけじゃないのに、どうして死ぬまで働かされなきゃいけないの。どうして毎日毎日、病院でつらい思いをしなきゃいけないのッ！」

「おやおや、癇癪《かんしゃく》かい」

レットはおかしくてたまらない、という風に言った。

「南部への忠誠心はどうなってるの」

「いいから乗せなさいよ」

金切り声をあげた。レットはひらりと席から降りた。口惜《くや》しいけどこの男、どうして一分《いちぶ》の隙《すき》もない格好をしているんだろう。体にぴったり合った上着とズボンは上質な新品だ。ほつれや破れがない服なんて、今のアトランタではまず見ることは出来ない。

レットは私を抱き上げ、ひらりと席に座らせた。そして隣りに乗り込み、馬の手綱を握った。

彼と私の体はぴったり触れ合い、体温が伝わってくる。大きな体の筋肉から伝わってくる熱さ。病人やケガ人しか見ていない私にとって、それはとても新鮮だった。

世の中にこんなにはつらつとした健康な男がいるなんて。それがレットなのは、とってもしゃくだけど。

「君は辛抱が足りないな」

レットは舌を鳴らして馬に合図する。栗毛の馬は軽やかに走り出した。

「兵士たちと一晩中踊りあかして、バラやらリボンなんか差し出していたくせに、この戦争のためには、命を投げ出してもいいわ、とかなんとか言っていたくせに、二人か三人の腕に包帯を巻いて、二、三匹のしらみをとる段になると逃げ出すんだな」

「もう何も言わないで。それよりもっと飛ばしてよ。メリウェザー夫人の旦那さんが私を見つけたら、もうおしまいなんだから」

レットが鞭《むち》をくれると、雌馬《めうま》は走りを速め、ファイブ・ポインツを駆け抜け、町を二分する線路を横切った。列車はもう到着していて、照りつける太陽の下、負傷兵たちは運搬用の馬車や幌馬車に乗せられている。だけどその光景を見ても、私の心は少しも痛まなかった。それよりも病院を抜け出せた、という喜びの方がずっと強かったんだもの。

馬車で走りながら、レットはちょっと信じられないような話をした。もうじき州兵も義勇兵も、ジョンストン将軍のために駆り出されるっていうんだ。ということは、お年寄りも、十六歳になったばかりのフィル・ミードも戦争に行かなきゃいけなくなるっていうこと？

「あなたはどうするの、レット」

そんな質問をするとはと、レットは笑った。

「僕は軍服を着ないし、剣もふりまわさないよ。そんなことはウエストポイントでさんざんやってきたからな」

そういえばこの人、アメリカ一の名門士官学校にいたんだと思い出した。

そして私はあっと声をあげる。通りの先に赤い土埃《つちぼこり》がもうもうと上がり、こちらに向かって近づいてくる。たくさんの人間は百人もいただろうか。でも兵士じゃない。黒人たちだ。みんな太い声で讃美歌を歌っている。みんな肩につるはしやシャベルをかついでいるのはどうして。

レットが路肩に馬車を停めたので、私は彼らをじっくり眺めることが出来た。

百人ぐらいの黒人？　いったい何のためにここを行進しているの？

その瞬間、最前列で歌っている男が目に入った。ぴかぴかと黒く輝く肌の大男、そして声もものすごく大きい。

「ビッグ・サム！」

私は大声をあげた。するとサムも私に気づいた。そしてシャベルを置いて、こっちにやってこようとした。

「なんてこった、スカーレットお嬢さまだ。ほら、イライジャ、アポスル、プロフェット、スカーレットお嬢さまがいらっしゃる」

私は他の黒人は顔を知っているぐらいだけど、ビッグ・サムならよく知っている。農園のリーダー格で、お父さまの右腕だ。だけどタラにいるはずの彼らが、どうしてここにいるの？

列が乱れて、あわてて士官が走ってきた。

「お前ら、列に戻れ、ほら、戻るんだ。おはようございます、ミセス・ハミルトン。いったい何をなさっているんですか。こいつらに勝手なことをさせないようにしてください。全く朝から、ずっと手を焼かされているんですから」

よく知っている士官だったので、私は思いきりエクボをつくった。

「ランドル大尉、どうか叱《しか》らないでやって。みんな実家《うち》の者なんです。だから私に声をかけるのは当然だわ。どう、みんな元気にしている？」

私はみんなと順番に握手した。四人は大喜び。私みたいに若くて綺麗《きれい》な女主人がいることが自慢でたまらないみたいだ。他の黒人たちはぽかんと見ている。そう、タラみたいに、主人が使用人を大切にして、親しくつき合っているところは、めったにあるもんじゃないわ。

「タラからこんなに離れたところで何をしているの。逃げ出したのね？　そうに決まってるわ。逃げてもすぐにつかまるのに。それがわからないの？」

私が軽口を叩くと、男たちは真白い歯を見せて大喜び。サムが答える。

「誰も逃げちゃいませんよ。こちらに送られてきたんです」

「だからどうして」

「北軍が攻めてきた時に、白人の旦那方が隠れる穴を掘るためですよ」

「それってどういうことなの」

今度は大尉に尋ねた。サムの言うことはまるでわからない。

「なに、単純な話ですよ。アトランタの防衛を強化するために、もっと広範囲に壕《ごう》を掘らなきゃいけないんです。だけど前線から人手は来ない。だから各農園から、力のある黒人たちを集めて作業にあたらせることにしたんです」

えっ、と私は息を呑《の》んだ。だってこの一年のうちに、砲弾を撃つための土の砦《とりで》が町を完全に取り囲んでいる。それなのにもっと射撃壕をつくらなきゃいけないなんて。

「なにしろ軍がまた後退すれば、今度はアトランタ市内まで戻ってきてしまいますからね」

その言葉を口にして、大尉はしまった、という顔になった。後退って、敵もやってくるってこと。

「もちろん、さらなる後退などありませんが、ケネソー山の防衛線は難攻不落ですからね」

その時、私はさっき馬車で聞いたばかりのレットの言葉を思い出した。

ケネソー山とアトランタとは、二十二マイルしか離れていないって。

二十二マイル、二十二マイル……。鉄道で行けばほんのひとっとび。一時間ぐらいの距離。実は北軍は、すぐそこまで来ているっていうこと？

「ミセス・ハミルトン。どうかご心配なく。万が一の備えをおこたらないのが、我らの将軍ですからね。さあ、お前たちもご主人さまにお別れしろ。もう出発するぞ」

私は胸がいっぱいになった。目の前の黒人は、タラにつながる大切な人たちなんだもの。ここで別れるのは悲しかった。

「みんな、病気とか、ケガとか、何か困ったことがあったらすぐに知らせて。私はピーチツリー通りの先のハミルトン家に住んでいるから。ちょっと待って――」

私は手提げバッグの中をまさぐった。だけど一セントも入っていない。

「レット、小銭をいくらか頂戴」

多めに握らせてくれた。

「はい、ビッグ・サム。これでみんなで煙草《タバコ》でも買いなさい。それとお行儀よくしてランドル大尉のおっしゃることをよく聞くのよ」

また列は出来て、赤い土埃が舞い上がった。ビッグ・サムの素晴らしい声が聞こえる。

――行け、モーゼ、はるかエジプトの地に。
そしてファラオに告げよ
わが民を解放させよと

埃の中のその歌声が、私にはとても不吉なものに聞こえた。
二十二マイル
二十二マイル
誰かの声が混じって歌っているような気がした。

19

私にとって、戦争というのは、ピカピカの軍服、凱旋《がいせん》する兵士たちと、花束を捧《ささ》げる娘、そして勝利のパーティーだったんじゃないかと思う。

だけど本物の戦争はまるで違っていた。飢《う》えとつぎのあたったみすぼらしい服、そして病院の血と膿《うみ》のにおい。不安と恐怖で、心が折れそうになるっていうこと。

その日私は、生まれて初めて戦争の音を聞いた。朝の早い時間に、ケネソー山での大砲の音が聞こえてきたんだ。そう大きな音じゃない。低い小さな音だった。遠い雷の音、と思えば思えないこともない。

私たちは気にするまいと思った。北軍《ヤンキー》がすぐ近くまで迫っていることを、必死に考えまいとしたんだ。

ふつうの生活をして、あの音が聞こえないふりをした。聞こえてるけど。

ジョンストン将軍はいったい何をしているの!?

まさかこのままじりじりと退却をするんじゃないでしょうね。食いとめるだけじゃなくて、早く早く北軍を追っぱらって。そうでないと奴《やつ》らは本当にアトランタに入ってきてしまうかもしれない。

それは灰色に曇った日で、途中からは雨になった。私たちはピーチツリー通りに集って出征する義勇兵を見送った。

ねえ、信じられる? この義勇兵には、ヘンリー叔父さまと、メリウェザー夫人のお義父《とう》さんが加わっている。ヘンリー叔父さまはメキシコ戦争に行った、もう六十近いお爺《じい》さんだ。タラにいるお父さまよりも年寄りがいっぱいだ。

こぬか雨の中、老人たちは行進する。先頭にいるのは、グランパ・メリウェザーだ。見憶《みおぼ》えのあるチェックのショールは、よく夫人がしているもの。それを肩に巻いて微笑《ほほえ》んでいる。そして私たちに向かってにこっとしながら敬礼した。

「おじいさまったら、激しい雨にうたれたらそれでおしまいよ。死んじゃうわ」

メイベルはわっと泣き出した。意地の悪い本当に嫌な娘だけど、私はすっかり彼女に同情してしまった。

そして老人の後は少年たちが行進する。どの子もみんな十六歳を超えているようには見えない。その中にフィル・ミードもいた。ミード先生のたった一人残された息子は、

「十六になったら、絶対に戦争に行く」

と言い張っていたけれど、ついに実行したわけだ。

グレーのふちなし帽は雨にうたれて、黒いオンドリの羽根飾りはぐったりと横になっている。胸に斜めにかけた白いストラップもびしょ濡《ぬ》れ、でも戦死したお兄さんの、形見のサーベルと大型銃を誇らしげに身につけている。

ミード夫人は本当に気の毒だった。息子が通り過ぎるまで、気丈に手を振っていたが、姿が見えなくなるとへなへなと力が抜け、私の肩に頭をもたせかけたほどだもの。

私は気づいたんだ。銃を持ってたのは、フィルぐらいだって。他の人たちはみんな丸腰。武器を持っていない。せいぜいが旧式の火をつける銃だった。だってライフル銃や弾薬はもう南部にはないんだもの。

でもみんなは、すぐに北軍を倒して、銃を奪えばいいと考えている。

そんなこと本当に出来るの？

ジョンストン将軍は一万人の兵士を失っている。それなのにもう一万人の兵士を欲しがっているんですって……。

そして私は信じられないものを見た。それは馬に乗ったウィルクスのおじさま！そう、アシュレのお父さまよ。

どうして、どうしてなの。おじさまだってアシュレと同じぐらい戦争が嫌いだったはずよ。ウィルクス家の人々は、ヨーロッパの本と絵をこよなく愛する人たちだった。戦争に行く人たちじゃない。ましてやそのお年で。

そしてこの馬といったら。イチゴ色の艶々《つやつや》した雌馬《めうま》は、そう、ネリーだ。双児のママ、タールトン夫人の宝物じゃないの。どちらも故郷の大切なものたち。それがどうしてアトランタにいるの。

びっくりして立ちつくす私に気づくと、おじさまは笑いながら、馬から降りた。

「スカーレット、会いたいと思ってたんだ」

「ウィルクスのおじさま、どうしてなの！」

「ご両親や妹さんたちから、山ほど伝言を預かってきたんだが、もう時間がなくてね。今朝ここに着いたばかりなのに、見てのとおりすぐに追いたてられてしまったんだ」

「ウィルクスのおじさま！」

私の声は悲鳴のようになった。

「おじさま、行かないで。おじさまがどうして行かなきゃいけないの」

おじさまの手をとった。本を読んだり、乗馬しか知らないこの手で、どうして銃を持つことが出来るの。ウィルクスさんは私の手を握りかえした。穏やかな優しい微笑み、ウィルクス屋敷で見たままの。

「ああ、そうか。私が年をとり過ぎていると思っているんだな。確かに歩いて行軍するには年をとり過ぎているが、馬に乗ったり、射撃ならまだまだいけるさ。タールトン夫人が、親切にネリーを貸してくれたからね。この馬に何も起きなければいいんだが。もし何かあったら夫人に合わせる顔がない。あの人の手元に残っているのは、このネリーだけなんだからね」

私は三人の息子と、大切な馬たちを失ったタールトン夫人のことを思った。

「お父さんもお母さんも、そして妹さんたちもみんな元気にしているよ。君に安心してくれとのことだった。そうだ、君のお父さんも、もう少しで一緒に来るところだったんだよ」

おじさまは何かを思い出して声をたてて笑った。

「まさか、お父さまが戦争に行くはずはないわ」

「いや、行こうとしていたのは本当なんだ。もう居ても立ってもおられん、と言ってね。馬に乗りさえすれば自分でも戦地に行けると言い張ったんだ。そうしたらお母さんが条件をつけた。馬であの柵《さく》を飛び越えられたら、軍隊に入ってもいいってね。お安い御用だ、ってジェラルドは言った。いつもこっそりと、あの柵を越えていたからね。ところが、信じられるかい。柵の前に来たら、馬が急にぴたっと止まった。そしてジェラルドは馬の頭を越えてふっとんだ。あれでよく首の骨を折らなかったもんだよ。だけど君が知ってるとおり、ジェラルドはとても頑固だ。一度言い出したらきかない。もう一度トライしたんだ。だけど信じられないことに、ジェラルドは三回飛ばされた。そして君のお母さんとポークに支えられて、ベッドに行くはめになった。ジェラルドは僕にこう言った。女房が馬に入れ知恵したんだってね」

おじさまはまた大声を出して笑い、私は心からホッとした。よかった、お父さまは戦争に行かないんだ。

「娘たちはメイコンのバー家に避難させたし、屋敷はジェラルドが管理してくれるそうだ。もう思い残すことはないよ。さて、そろそろ行かないと。スカーレット、その可愛《かわい》い顔にキスをさせてもらえるかな」

私は頬《ほお》を差し出した。苦しくて苦しくて胸が詰まりそう。郡きっての知識人で、ちょっと堅苦しいところがあったウィルクスさんだけど、このまま戦争に行くなんて。もしかすると、私のお義父さんになった人なのに。おじさまは最後に尋ねた。

「メラニーは元気にしているかい」

「ええ、とても元気です」

私はおじさまの目が、アシュレにとてもよく似ていることに気づいた。その灰色の目が見つめているのは、どこか遠いところ。

「初孫の顔を見たかったんだがな。ではさようなら、マイ・ディア」

おじさまはネリーに飛び乗った。その後を黒人の従僕が従う。おじさまの美しい銀髪は雨に濡れていた。

さようなら。なんて真に迫った言葉。おじさまは死を覚悟しているんだ。でもまだダメ。おじさまは死んじゃダメ。アシュレも絶対にダメ。神さま、この二人だけは絶対に死なさないでと、私は神さまに祈った。

グランパ・メリウェザーや、フィル・ミードのことは祈らなかった。人数が多いと、効果が薄れるような気がしたから。

ジョンストン将軍は踏んばった。五月はじめから六月半ばにかけて、南部連合軍がなんとか攻撃に持ちこたえるにつれて、私たちにまた希望が生まれたんだ。

アトランタは熱狂に包まれた。あちらでもこちらでもパーティーやダンスの会が開かれた。食べ物やお酒はなくても、私たちは夢中で踊り続けた。

そう、つらいことは見ないようにして、好ましい楽しいことだけを信じたがるのが、私たち南部人の気性。いいのか悪いのかわからないけど、とにかくみんな、ひとときの夢に酔っていた。

前線から兵士がやってきて、一晩の宿を頼もうものなら、必ず夕食がふるまわれ、乏しい食料をやりくりした皿がいくつも並んだ。そしてその後はダンスが待っている。町には若い男がいなくなっていたので、娘たちが彼らをちやほやする。

アトランタは、さまざまな人でごったがえしていた。

親戚や友だちを訪問してくる人、避難民、入院中の兵士の家族。そしてびっくりすることには、どこからか若い美人の集団もやってきていた。もちろんちゃんとした家の娘たち。

他の州には、もう十六歳以下か、六十歳以上の男しか残っていないから、夫を探しにアトランタにやってくるわけ。

「こんな恥知らずの女たちが、このアトランタでのさばっているなんて」

ピティ叔母さんはかんかんだ。私もどうかと思う。パーティーにしょっちゅう顔を出すので、やり方が見えすいている。

だけど十六歳の女の子の頬の色といったら。何もしなくてもバラ色に輝いている。二回裏返して着ているドレスだって、つぎのあたった靴だって、あの笑顔で帳消しになる。

私はレットのおかげで、まだ新しく綺麗《きれい》なドレスを着ていたけれども、男の人たちの視線は、私を通り過ぎて彼女たちの方に行くようになった。

いつもは考えたことがないけど、私は子持ちの十九歳のおばさんなんだ。誰か私のことを彼らにささやくらしい。

「すごい美人だけど、結構年いってるよ。それにもう子どもがいるんだ」

口惜《くや》しい。ウェイドなんてこの頃ちっともかまってやってない。もともと母親だなんて気持ちはあんまりない。だってたった一週間の結婚生活で出来た子どもなんだもの。生まれた時はキツネにつままれたような気分だったっけ。

だからウェイドは私にあんまりなついていない。いつも召使いかメラニーのところにべったりいる。

でもなんのかんのいっても私は人気者。このところとても忙しい。昼間は病院で介護の仕事をしている。そう、いったんはむかついて逃げ帰った私だけれど、ここのところはおとなしく病院に通っているんだ。そして夜は、いろんなところのパーティーに誘われる。

どこのおうちも、前線から何らかの理由で這《は》い出してきた兵士を大歓迎していたからだ。

バンジョーやヴァイオリンが演奏されて、ダンスの足音と笑い声で満たされる。

みんなピアノを囲み、いろんな歌を歌った。

こういう時って、ふつうならあり得ないぐらい、人の心って昂《たか》まっていく。兵士たちは、扇の陰でくっくっと笑う娘たちをじっと見つめ、そして甘い言葉をささやくんだ。待っていてほしい。いいえ、待てないわと。

みんなすごい勢いで結婚していった。ヒステリックな華やぎと興奮で、おかしくなっていたんだもの。

毎日結婚式が行われ、借り着の花嫁の傍《そば》には、つぎのあたったズボンをはいた花婿。

私はどうして冷ややかな目で見ていたんだろう。自分がプロポーズされない対象でいたから？　それだけじゃない。

みんなにはあの音が聞こえないのかと不思議に思ったんだ。そう遠くないところで砲弾の音がする。この花嫁たちは、いったいいつ未亡人になるんだろう。

ケネソー山の防衛線は確かに難攻不落だった。敵のシャーマン将軍さえそう認めた。そして彼は作戦を変えたんだ。ずっと大きく人員の配置を広げて、山の両側からアトランタに攻め入ろうとした。これは成功して、ジョンストン将軍は、後方を守るために前の陣地を捨てなくてはいけなくなった。

私たちが難攻不落だと信じ込んでいた、熱狂と幸福に満ちた二十五日間は終わった。たった二十五日の平和だった。その間、何人の花嫁が生まれたんだろう。

北軍は次第にアトランタに近づいてくる。彼らのいるところは、町からたった五マイル（八キロメートル）。五マイルよ。信じられる？

北軍の将軍はアトランタからすぐの町を占領して鉄道を分断した。これでもう、私たちのところには、軍需品はもちろん、食べ物も何ひとつ届かないことになる。

そして大砲の音が、今度ははっきり大きく聞こえ始めた。銃声も砲台を動かす音も。

戦争がこんな近くまでやってきていたなんて！

だけど何時間もの間、戦況はまるでわからなかった。そして午後になってから、負傷兵がばらばらと現れ始めた。一人で来る人もいるし、仲間に支えられている人たちもいる。

退却が始まったんだ。

私たちの住むうちは、町の北側にあるので、負傷兵が最初にたどりつくところになった。また一人、また一人と兵士はやってきて、庭の芝生にへたりこむ。そして、水を、水をとあえぐのだ。

私たちは必死で彼らのめんどうをみた。皆で手分けして、水を入れたバケツと包帯を持ち太陽の下に立った。血を見ると失神するピティ叔母さんも、一生懸命働き続けた。お腹の大きいメラニーも、もう気にすることなく外に出ていた。

包帯はすぐになくなったから、シーツやタオルを裂《さ》いて使った。

「スカーレット、お願い。私のベッドのシーツをはがして」

そう言ったとたん、メラニーは気絶してしまった。だから無理しなくてもいいと言ったのにと、私は舌うちしたい気分になる。プリシーに手伝ってもらって、メラニーを台所のテーブルの上に運んだ。そこしか場所がなかったからだ。

だってベッドやソファはおろか、庭の芝生を埋めつくすように兵士たちが倒れていた。ピーターじいやが馬車で兵士たちを病院に運んだが、とても間に合うもんじゃない。

夕方になった。戦場からケガや病気の兵士を乗せる専用馬車がやってきた。そしてピティ叔母さんの家の前で停《と》まる。

「水を。水をください」

私は水を入れたひしゃくを渡す。

「いったいどうなっているの。北軍はどこまで来ているんですか」

「確かなことは何もわかりません。まだ何とも言えないんです」

この逃げてくる兵士を見れば、退却していることは一目瞭然なのに。

夜がやってきた。とても蒸し暑い夜だった。埃《ほこり》がひどくて私の鼻の穴はふさがったまま。何度も袖でぬぐった。ラベンダー色のキャラコのドレスは、朝着替えたばかりなのに血と埃ですっかり汚れている。

なんだか悪い夢をみているみたい。

倒れている兵士の中には、私の知っている男の子たちが何人かいた。そう、ジョージアのいろんな屋敷でダンスをした男の子たち。私に愛をささやいた男の子たち。彼らは私を見るととても喜んだ。微笑みかけ、何か喋《しゃべ》ろうとしたけれども不可能だった。専用馬車で運ばれてきた兵士は、たいてい死にかけていたから。

病院でたくさんの兵士を見ていたけれども数が違う。悲しさがまるで違う。血まみれになった顔には、蚊やブヨが群がっていた。

どさりと何人も置かれたケガ人の山の中に、私はとても仲のよかった男の子を見つけた。頭を銃で撃たれ、かろうじて生きている状態だった。でも上には六人がかぶさっていた。彼だけひっぱり出すことは出来ない。ごめんなさいと私は泣いた。

そして蒸し暑いなか、雨が降り出した。翌日、退却しているのははっきりした。何千人もの兵士が町に流れ込んできたからだ。彼らはケガ人ではない。破れた戦旗を雨の中にはためかせ、きちんと隊列を組んできた。

私たちは通りに出て拍手と声援で迎える。たとえ負けて逃れてきても、南部の兵士なんだもの。

義勇隊の老人と子どもたちの中に、私はフィル・ミードを見つけた。硝酸《しょうさん》や垢《あか》で顔が真黒になっていた。そしてヘンリー叔父さんの姿も。足をひきずっていた。帽子もかぶらず古ぼけた布を身にまとっていた。グランパ・メリウェザーも、裸足《はだし》で砲車《ほうしゃ》の上に乗っている。だけど、だけど、ウィルクスおじさまの姿は、どう目をこらしても見つけることは出来なかった……。

私たちは帰ってきた兵士を迎えて、覚悟を決めたんだ。もう最悪のことは起こらない。退却は退却として次のことを考えるしかないんだ。それは、アトランタは絶対に渡さないということ。どんなことをしてもこの町は守り抜くということ。

だけど私たちは、いつのまにか北軍に囲まれていた。アトランタには砲弾の雨が降りそそいだ。建物の屋根は吹きとんで、道には大きな穴があいた。地下室に逃げながらも私はぼんやりしていた。とても現実のこととは思えない。なにか長い嫌な夢をみているみたいだった。

やがて、女性や老人や子どもが、アトランタを脱出し始めた。だけどこの町の二大婆《ばあ》さん、メリウェザー夫人とエルシング夫人は、断固として町にとどまると宣言した。自分たちは病院にいて、最後まで傷ついた兵士を介護する義務があるからなんだそうだ。

北軍なんて少しも怖くはない。もし彼らに命令されても家を出ていったりするもんですか、と誇らし気に言ったけれど、娘のメイベルと赤ん坊はメイコンに逃がしている。

ミード夫人も英雄的なところを見せた。列車で避難しろというミード先生の命令に、初めてさからったんだって。夫には私が必要だし、フィルがこの町のどこかの塹壕《ざんごう》にいる以上、その傍についていたいというのだ。

ピティ叔母さんは、真先に荷物を送り出した一人だ。あたり前のことだと思い、誰も非難する人はいない。北軍がやってきたら、心臓マヒで死んでしまうかもね。

「私はメイコンの、いとこのバー夫人のところに泊まるわ。あなたとメラニーもいらっしゃい」

私は断った。誰がメイコンの、しかもバー夫人のところに行くもんですか。まだ娘時代、郡のすべての男の子にちやほやされていた頃、バー夫人の息子のウィリーとキスしているところを見つけられた。それ以来ずっと「手の早い娘」とか呼ばれてたんだもの。誰があんな意地の悪いおばさんのところへ行くもんか。だけど、

「私はタラに帰るから。メラニーは叔母さまと一緒にメイコンに行けばいいわ」

と言ったとたんメラニーは、わーっと泣き崩れた。そして私の手をとってお願い、お願いと繰り返す。

「ねえ、タラに帰ったりしないで。私を一人にしないで。赤ちゃんを産む時、あなたが傍にいなかったら、私はきっと死んでしまうわ」

そりゃ、世界一頼りにならない女、ピティ叔母さんじゃ不安になるのも無理はな

い。だけど、身重《みおも》のメラニーのめんどうをみるのってどうなのよ。私だって早く自由になって、安全な親元に帰りたい。

そうしたらメラニーは、強烈なひと言を私に浴びせた。私をしばりつけるための、呪文のような言葉。

「だってあなたはアシュレに約束したわよね、私のめんどうをずっとみるって。あなたに頼んだってアシュレは私に言ったもの。確かに言ったのよ」

この女、大嫌い。本当にずるいと私は思った。アシュレの名前を出せば、私がなすすべもないのを知っているのだ。仕方なく私は答える。

「じゃあ、一緒にタラに帰りましょう」

ええ、そうさせてとメラニーは手を叩《たた》いた。

「あなたのお母さまは本当に優しい方だもの。よかった。赤ちゃんを産む時にも安心だわ」

だけど往診に来たミード先生はものすごく怒った。そもそも病院は戦場のようになっているというのに、ピティ叔母さんが勝手に呼び出したのだ。メラニーがひどくとり乱しているという理由で。

「早産でもない限り、私をもう呼ばないでくれ」

きっぱりと言われた。

「それに移動するなんて論外だ。私は責任を持てないよ。列車は混んでいるしどうなるかわからない。負傷兵や物資の輸送が最優先だから、乗客はいつ森の中に降ろされるかわからないよ。その体で何かあったらどうするんだ」

「でもスカーレットと一緒にタラに行くなら大丈夫でしょう」

「馬車だともっとダメだよ。体にさわるからね。しかもあのあたりにもう医者は一人もいない。フォンテイン先生は軍に入ってしまったんだからね」

フォンテイン先生というのは、タラの近くで開業していたお医者さん。軍医になったんだ。

ミード先生は、医者独特の視線で、メラニーの少女のような体と大きくふくらんだお腹を見た。

「列車だろうと馬車だろうと、とにかく移動を認めるわけにはいかないよ。君だって列車や馬車の中での出産は嫌だろう」

あんまりの言葉に、私や叔母さまはおし黙り、メラニーは真青になった。

「この町に残りなさい。出産は私がみてあげよう。ここはそんなに危険ではないよ。北軍は近づいても、すぐに追いはらわれるはずだ。さあ、ピティ、君はすぐにメイコンに出発して、若い二人はここに残していきなさい」

「若い二人だけで？　誰が責任をとるのよ」

叔母さんが金切り声をあげた。

「二人とも結婚してるじゃないか。それに二軒先にはうちの家内がいる。ピティ、今は戦争中だ。責任がどうの、付き添い人がどうのと言ってる時じゃない」

叔母さんはぷりぷりして、ミード先生を見送らなかった。私一人だけ立つと、先生は玄関ポーチのところで立っていた。私を待っていたんだ。

「君には率直に話そう」

先生の顎鬚《あごひげ》の白髪は、この一ヶ月でいっきに増えている。

「君なら顔を赤らめずに聞いてくれるだろう。メラニーがよそに行くなんてとんでもない話だ。あの体で移動に耐えられるはずはない。たとえ最高の環境が整っていても難産になるはずだ。出産の時には、おそらくひっぱり出す鉗子《かんし》が必要になるに違いない。だから無知な産婆に手を出させたくないんだよ。本来は、こういう体の女性は子どもを産むべきじゃないんだ」

そう、アシュレの子をね。私はちらっと思った。メラニーはアシュレの子を産むべきじゃないのよ。それはもともと私の役目だったんだから。メラニーには気の毒だけど、私と息子のウェイドだけでタラに帰るつもり。まるっきり気がきかないけど、ウェイドの子守り役のプリシーもいるし何とかなるはず。メラニーのために、こんな危険なところにいるのはまっぴらだった。

「スカーレット、本当に頼むよ」

先生がじっと私の目をのぞき込むので、なにか気づいたのかとちょっとひやっとしてしまった。

「君が家に帰るなんて話はもう聞きたくない。赤ん坊が生まれるまではメラニーについていてあげなさい。怖くはないだろう」

「ええ、もちろん」

私はしっかりと嘘《うそ》をついた。

もうじき北軍がやってくるかもしれないんだ。怖くないはずはない。だけど先生はじめこの町に残っている人たちは、まだ希望を捨てないから困ってしまう。この町を守る南部連合が必ずや、彼らを追いはらってくれるだろうと信じている。

「君はなんて勇敢なんだ」

先生は私の肩を軽く叩いた。

「もし何かあったら家内がいるし、ピティが使用人を全部連れていったら、うちのベッツィをよこして料理をさせよう」

「あの、先生、最終的にお産はいつになるんですか」

「五週間後だが、初産《ういざん》の時ははっきりしたことが言えないんだよ。この砲撃のショックで、いつ生まれてもおかしくない」

その前になんとかタラに帰らなくっちゃと、私は胸の中で算段をする。

だけど思わぬことが起こった。ピティ叔母さんはわんわん泣きながらメイコンに旅立った。ピーターじいやとクッキーを連れて。

その出発前に、急に愛国心を募らせ、馬車と馬を病院に寄付してしまったんだ。

馬車なしで、タラにいったいどうやって帰ったらいいの。そして私は、この町にメラニーと息子、プリシーだけで残されたんだ。

20

ミード先生の嘘《うそ》つき。

いくら北軍《ヤンキー》が迫ってきても、南部連合の兵士たちがすぐに追っぱらってくれると言った。それなのにまもなく、彼らの攻撃が始まった。町の防衛線がどんどん突破されていく。

すごい砲弾の音。私は耳をふさいでしゃがみこんだ。

ヒューッという前触れの音がすると、私はメラニーの部屋に飛び込んだ。そしてベッドに寝ているメラニーをしっかり抱き、

「キャーッ」

と二人で悲鳴をあげた。

メラニーをしっかり抱き締めながら、私は彼女の汗のにおいをかぐ。本当に腹が

立ってくる。この女さえいなければ、私は皆と一緒に地下室に逃げ込めるのに。

ミード先生からメラニーは、流産の危険があると言われていた。移動はもちろん、絶対に歩いてはいけないんだって。だから私は自分だけ逃げるわけにいかず、こうして傍《そば》にいなきゃいけないわけ。

「ありがとう、スカーレット！」

やがて攻撃が終わると、メラニーがあえぎあえぎ言う。

「今、赤ちゃんがお腹の中でバタバタ暴れたのよ！」

その言葉を聞いて、私はぞっとしてしまった。砲弾で体がこなごなになるのはおそろしいけれど、赤ん坊が生まれるのはもっとおそろしい。自分の時は、痛さのあまりギャーギャー泣き叫んでいるうち、お母さまとマミイがすべてうまくやってくれたっていう感じ。

生まれた子はそんなに可愛《かわい》くなくて、母になった喜びより、これですべて終わった、という安堵《あんど》の方がずっと大きかった。もう二度と子どもなんか産まないつもりだ。

でもメラニーのお産が始まったらどうしたらいいんだろう。砲弾にあたって、こなごなになることを考えると、体が寒くなるぐらい怖いけれど、メラニーのお産のことを考えるともっと怖い。

他人の脚の間から、血だらけの赤ん坊をひっぱり出すなんて、とても私には出来そうもない。本当にぞっとする。ミード先生が間に合ったらいいけれど、砲弾が降る中、先生を呼びに行かなきゃならなくなったらどうしよう。そのことを想像すると、メラニーなんか死んでほしいとさえ思ってしまった。本当に。

だってメラニーがいるおかげで、私はタラに帰ることはおろか、地下室に逃げることだって出来ないんだから。こんな足手まといの人間を、どうして私が世話をしなきゃいけないの。

プリシーだって砲弾が飛び交う中、ミード先生へのお使いに行くぐらいだったら、殴り殺される方を選ぶだろう。

ああ、赤ん坊が生まれる時に絶対にいたくない。いったい私はどうしたらいいの……。

そのことをついつぶやいたら、意外にもプリシーはこんなことを言うのだ。

「スカーレットさま、何の心配もいりませんよ。私はお産のことは何でも知っていますよ。なにしろうちのお母さんは産婆でしたからね。母さんは私も産婆にするつもりだったぐらいです。だから私にまかせてください」

プリシーは、お父さまの従僕ポークの娘。私より三つぐらい年下だけど、こんなに頼もしいとは思ってもみなかった。おかげでだいぶ気が楽になった。

だったら一日も早く、メラニーには子どもを産んでほしい。そうしたらメラニーはプリシーに押しつけて、私は一人さっさとタラに帰るつもり。砲弾の音ひとつしない、あの静かなタラへ、お母さまのいるわが家へ。そう、お母さまが近くにいてくれさえすれば、私はどんなことが起きても安心していられるはず。

もともとはアシュレに会いたいばかりに、このアトランタにやってきたんだけれど、もうこりごり。一日も早く、お母さまのいるタラに帰ろう。その後私は、ベッドの中で決心した。

明日になったら、メラニーにこう告げるんだ。私はもうこんな危険なところにいられない。息子を連れてタラに帰るの。いいことを思いついたの。あなたはミード先生のところにいさせてもらえばいいじゃないの。ミード先生は、あなたを取り上げたぐらいの昔からの仲。ミード夫人もあなたのことを娘のように可愛がっている。

そうよ、ミード家にいるのがいちばん安心じゃないの……。

そしてメラニーをミード家に預け、私は息子とプリシーを連れて、すぐに列車でタラに向かう。

そう、明日メラニーに告げれば、あさってはタラにいられるんだわ。お母さまは、大変だったわねと、しっかりと抱き締めてくれるはず。そうしたら昼間からベッドに寝ころんでうとうとしよう。ここアトランタでは、夜もぐっすり眠れなかったんだから。起きたら、マミイがつくってくれたパンケーキに、メイプルシロップをたっぷりかけて食べる。食べたらまたお昼寝をするんだ。タラでは人手がたっぷりあるから、息子のウェイドもまかせとけばいいんだし……。

そうよ、私は明日になったら、メラニーに宣言する。

「仲よしごっこはもうこれまで。私は死にたくないの。だからもうタラに帰るわ」

だけどその後、アシュレの姿が目に浮かんだ。その言葉まではっきりと思い出すことが出来た。

――スカーレット、お願いだ。メラニーを守ってくれるね。君はとても強くて賢い。どうかメラニーを頼む。約束してくれ――

アシュレは生きているんだろうか。捕虜になったところまではわかっているけれど、その後の消息はわからない。

でもたとえ生きていなくてもアシュレを失望させたくなかった。もしもアシュレが無事に帰ってきたら、メラニーを見捨てて逃げ出した私のことをどう思うだろうか……。そんなことを考えると、私はメラニーにタラに帰るとは言えなくなってしまう。そしてまた一日と日はたっていくんだ。

お母さまからはしょっちゅう手紙が届く。

「愛する娘」

という書き出しで、どんなに私のことを心配しているか書いてある。ああ、タラに帰りたい。でも何かが、それはアシュレに決まっているんだけれど、私をこの地にしばりつけている。

私はお母さまに心配しないで、と書いた。

「アトランタの包囲戦はもうじき終わるわ。それにメラニーが難産になりそうで私はついていてあげたいの」

お母さまはしぶしぶ承知したけれど、ウェイドとプリシーはタラに帰すようにと言ってきた。

それもいいけど、と私は思った。プリシーはふだんはまるで役に立たない。砲撃が始まると、地下室に耳をふさいで閉じこもっている。ウェイドときたら、情けなくなるぐらいおびえている。砲撃の間はもちろん、終わっても私にしがみついているほどだ。恐怖のあまり声もたてない。ただぶるぶる震えてしがみついている。四歳なのに夜も一人で眠れない。無理にベッドに行かせると、北軍がつかまえにくるとしくしくと泣いている。

この声を聞くと本当にいらいらした。私は確かに母親だけど、その前にお母さまの娘なんだ。泣きたいのはこっちなのにと思う。

そんなわけでプリシーをつけて、ウェイドをタラに帰すことにした。だけどプリシーには言いわたした。

「一晩寝たらすぐに帰ってくるのよ。お産に間に合うようにね」

プリシーはぷうっと頰《ほお》をふくらませた。彼女の父親は、お父さまの従僕のポークだから、タラでは特別扱いでぬくぬく暮らしていたはず。そのまま向こうにいたいって顔に書いてある。

「本当に一晩だけよ。そのまま帰ってこなかったら承知しないわよ」

ところが大変なことが起こった。二人をタラに行かせる用意をしている最中、北軍がさらに南下したんだ。アトランタとジョーンズボロの間の線路沿いで、小競《こぜ》り合いが続いているんだって。

もしウェイドとプリシーが乗っている列車が北軍に襲われたら、と思うと私は青くなった。北軍は本当に残酷で、女性と子どもにひどいことをする、というのはみんな知っているからだ。

びくびくして可愛い気のない子だけど、やっぱり死なせるわけにはいかない。仕方なく私はウェイドをこのままアトランタに置いておくことにした。

砲撃は毎日続いているけれど、この町の人たちはそれに慣れてきた、っていうのも本当。北軍に包囲されるという最悪のことが起こったら、もうこれ以上悪いことが起こるはずはない、ってみんな奇妙に楽天的になっていたんだ。

実際にはそんなにひどいことは起こらなかった。生活はいつもどおり続けられていたし、みんな何とか平穏な風を装っている。

火山の上にいるのはわかっているが、噴火が起こるまでは何もしようがない。今から心配しても仕方ないし、もしかすると噴火は起こらないかもしれないじゃないか。私たちは無理やりそう思い込もうとしていたんだ。

　目の前に砲弾が降ってくるし、食べ物は乏しくなるばかり。人って悲惨な状態が長く続くと、そのことについて深く考えることをやめてしまう。これは夢じゃないかってぼんやりと日を過ごす。

　だってそうでしょう。このあいだまでレースたっぷりのドレスを着て、男の子たちとダンスをしていた私が、じゃがいもの芽をとり、黄ばんだシーツを洗っているし、スイカズラやつるバラしか見なかった私の目の前には、砲弾で壊れた家と、バラバラになった人間や馬の死体がある。

　ぼんやりしなければ、とても受け入れられる光景ではなかった。

　夜になると哀れな兵士たちがよく門の前に立っていた。そして水と食料をくれと頼むのだ。

「相棒を病院に連れていくところですが、もう持ちそうもないんです。ここで預かっていただけませんか」

「マダム、水とパンを……」

そうよ、こんなの本当にあることじゃない。私は夢をみてるのよ。水を汲《く》んで食べ物を与え、傷口をしばって、死んでいく人の汚れた顔を拭《ふ》いてあげた。そうよ、こんなひどいことが私の身に起こるわけがないわ。

そして七月も終わりのある晩、うちのドアをノックしたのは、ヘンリー・ハミルトン叔父さまよ。丸々していたピンク色の頬はブルドッグのように醜くたるんでいる。長い白髪は汚れきって、しらみがわんさかたかっていた。裸足《はだし》同然。

変わっていないのは、怒りっぽい性格だけ。

「わしのようなおいぼれが銃を抱えて出ていくとは、全くなんて馬鹿げた戦争なんだ」

ぷりぷりしている。でもほんの少し楽しそうなのはどうして？　メラニーが後から言うには、若者と同じように扱われて、役立っているのが嬉《うれ》しいんじゃないかしらって。

「わしらの部隊は明日の朝、出ていくことになった」

「えっ、どこに」

私とメラニーはびっくりして尋ねた。今さらどこに行って戦争をするの。

「まあ、だいたい察しはつく。南だよ。朝になったらジョーンズボロに向かうんだ」

向こうで大きな戦闘が始まるというんだ。

「北軍はあの鉄道を奪うつもりなんだ。そうなったらアトランタはおしまいだな」

「まさか、ヘンリー叔父さま、そんなことが起こるはずないわよね！」

私とメラニーが同時に叫ぶと、叔父さんはニヤッと笑った。

「このわしがいるんだから、とられるはずはないだろう。しかし厳しい戦いになるだろうな。南部の鉄道は全部北軍に押さえられてしまった。それだけじゃない。道路もほとんどだ。今やアトランタは袋に入れられていて、その口紐《くちひも》がジョーンズボロの鉄道だ。つまり北軍たちは、あそこの口紐を締めて、わしらを袋のネズミにしようという魂胆なんだ。だからあの鉄道は絶対に渡すわけにはいかない。わしは、明日の朝ここを出ていく」

叔父さまは私たちに別れの挨拶《あいさつ》をしにきたんだわ。叔父さまはきっと帰ってこないだろう。

私は不意にレット・バトラーの言葉を思い出した。

「男というのは戦争が大好き」

こんなみじめなありさまになっても、叔父さまは戦争が好きなんだ。それならそれで仕方ないかもしれない……。そうしたら、

「しばらく会えないから、お前たちの顔を見ておかなくてはならない。それとスカーレットがお前のそばにちゃんといてくれるか、確かめておこうと思ってな、メラニー」

だって。まるで私の心の中を見透かしていたみたい。私はぞっとしてしまった。それなのにメラニーは、

「もちろんそばにいてくれるわ」

嬉しそうに言った。なんだか二人でしめし合わせていたみたい。

「ところでスカーレット、ありあわせのものでいいから、弁当をつくってくれないか」

私は台所に立って、トウモロコシパンを一つとリンゴをいくつかナプキンに包んだ。するとヘンリー叔父さまも私の後ろに立った。きっと身重《みおも》のメラニーに聞かせたくないことがあるに違いない。私も聞きたいことがある。

「ねえ、叔父さま、本当にそんなに深刻な戦況なの？」

「深刻かだって？　何を今頃、間の抜けたことを言ってるんだ。もう後はないんだぞ」

「ねえ、北軍はタラにも攻めてくるの？」

「全くなあ……」

叔父さまはため息をついた。

「女っていうのは、どんな時にも自分の身のまわりのことしか考えられんのだなあ」

だけどちょっと優しく、

「もちろん来やしないよ。タラは鉄道から五マイルも離れているんだからな。北軍が狙っているのは鉄道だ。農園じゃない」

それから急に真剣な顔になった。

「今夜わざわざ立ち寄ったのは、別れの挨拶のためだけじゃない。実はメラニーに直接伝えたかったんだが、どうしても出来なかった。だからあんたから言ってくれ」

衝撃で倒れそうになった。

「アシュレが⁉　あの人が死んだの⁉」

「おい、おい。泥につかって壕《ごう》の中にいるわしに、アシュレのことがわかるわけがなかろう」

叔父さまはつっけんどんに言った。まさか私の動揺ぶりに何か感じたわけじゃないでしょうね。

「違う。その父親の話だ。ジョン・ウィルクスが亡くなったんだ」

やっぱり。私はお弁当を持ったままぺたんと椅子に座り込んだ。最後に見たおじさまの姿。馬のネリーに乗っていた。私にキスをしてくれたウィルクスおじさま……。

ヘンリー叔父さまは金時計をとり出した。ウィルクスおじさまの形見だとすぐにわかった。

私は泣くことも出来ない。あの美しいオークス屋敷の主《あるじ》。素敵な銀髪のおじさま……。

「勇敢な男だったよ。メラニーにそう言っておいてくれ。ウィルクスの娘たちにも手紙を書いてくれ。あの年のわりには戦いぶりが見事だったから、それで狙われた。馬もろとも直撃されたんだ。あの馬は、可哀想だが、わしがこの手で撃ち殺したよ。本当にいい馬だったが」

タールトン夫人の宝物だったネリー。砲撃にやられ、これ以上苦しまないようにと叔父さまは撃ったんだ。

「タールトンの奥さんにも、あんたから手紙を書いた方がいいだろう」

私は頷《うなず》いた。タールトンさんは、これですべての息子と馬を失ってしまった。どちらもうんと大切にしていたのに。

「さあ、弁当を包んでくれ。わしはもう行かなきゃならん。スカーレット、そう嘆くことはないよ。若い者と同じように戦って死ぬ。年寄りの死に方としちゃ最高じゃないか」

「いいえ、死んではいけなかったわ。ウィルクスさんは戦争に行くべきじゃなかったの。孫の顔を見て、ベッドで安らかに死ぬべきだったの。おじさまはどうして戦争に行ったの？　連邦脱退には最後まで反対していたし、戦争なんか大嫌いだったのよ」

「そんなことは誰にもわからん」

叔父さまは不機嫌そうに鼻をかんだ。

「わしがこんな年になって、喜んで北軍の銃の的になってると思ってるのか。だがこのご時世、どんな年寄りだって選択の余地はないんだ。南部の紳士ならばな。さあ、スカーレット、別れのキスをしてくれ。わしのことは心配いらん。この戦争を無事に生き抜いてみせる」

私は汗と垢《あか》にまみれた、叔父さまの頬にキスをした。

ウィルクスさんの死を、メラニーに知らせるのは明日にしようと決めた。泣かない日は、一日でも多い方がいい。


ヘンリー叔父さまが予言したとおり、北軍はジョーンズボロに向かった。そして町の四マイル（六・四キロメートル）南で鉄道の分断に成功したけれど、南部の騎兵隊は北軍を追いはらい、工作隊が破壊された箇所を直したんだって。この炎天下に必死にやりとげた工作隊のことを、私はとても誇りに思う。

この戦いから三日後、お父さまから手紙が来た。タラは無事だったって。戦闘の音は聞いたけど、北軍は見なかったって。それから手紙の最後に、キャリーンが腸チフスにかかったと書いてあった。でもたいしたことがないから心配しなくてもいいと手紙は結ばれていた。

今となっては、鉄道がいつやられるかはわからない。お前とウェイドは帰ってこなくてよかった。どうかもうしばらくはアトランタにとどまっていなさいと、命令口調だった。

少しほっとした私は、その手紙を胸元に入れ玄関ポーチに座った。とても静かな夜だった。ライフルの音ひとつしない。

まるでこの世界に私ひとりしかいないみたい。とても寂しかった。誰かそばにいてほしい。あのメリウェザー夫人でも構わないとさえ思った。でも夫人は病院で夜勤だし、ミード夫人は前線から帰ってきたフィルにつきっきりだ。そしてメラニーは眠っている。

あんなにうるさいほどやってきた兵士もこの頃は誰も来ない。歩ける男はすべて駆り出され、塹壕《ざんごう》に入っているか、ジョーンズボロ近くの森で、北軍に追いかけまわされているかのどちらかなんだもの。

静まりかえったアトランタの町。目を閉じればタラにいるような気分になれた。戦争が終われば、また元の暮らしに戻れるのかしら。いいえ、それは無理。絶対に無理。だってみんな死んでしまったんだもの。

私とじゃれ合って育ってきたタールトン家の双児。そして兄のトーマスとボイド。四人とも死んでしまった。四人も。もう二度とタラの並木道を、はしゃぎながら馬で駆けてくる双児を見ることは出来ない。

それからレイフォード・カルヴァート。ダンスの名人だったのに、もう私とは踊れない。それから私を争ったマンロー家の息子たち、小柄だけどハンサムなジョー・フォンテイン……。そして、そして、

「ああ、アシュレ……」

私はすすり泣いた。こんなにたくさんの人たちが死んでいるのに、アシュレだけが生きているとは思えなかった。

ああ、アシュレ、あなたまでいなくなって、私はどうやって生きていけばいいんだろ……。私は顔を手で覆《おお》って思う存分泣いた。メラニーの前では泣けなかったのに、一人ぼっちの今、いくらでも涙が出てくる。

その時、表門から誰かがやってくる音がした。私はあわてて涙をぬぐった。やってくるのはレット・バトラーだった。いつものつば広の帽子をかぶり、馬に乗ってやってきた。会うのは、私が病院の仕事を投げ出したあの日以来。

もう顔を見るのもイヤ、と思っていたけれど、彼の顔を見てホッとした。真白いリネンのシャツといい、血色のいい顔といい、彼だけには戦争の影がなかった。ずうっとずうっと変わらない。変わらない、っていうことがこんなに素敵な、大きな力を持っていたなんて。

彼は本当に驚いたように私を見た。

「メイコンに避難していなかったのか！　ミス・ピティが避難したって聞いてたから、当然君も一緒に逃げたと思っていた。家にあかりが見えたんで、召使いが残っているかと思って寄ったんだ。それなのに君がいるじゃないか。どうして逃げなかったんだ？」

「メラニーがいるからよ」

私はふてくされて答えた。ちょっと甘えてみたかったのかもしれない。

「あの人、もうすぐ産まれるんで、今はとても避難出来る状態じゃないの」

「なんてことだ！」

彼は本当に驚いていた。臨月が近いなんて独身の男性に向かって言うべきことじゃないけど、彼はすべて理解していた。

「まさか、ウィルクス夫人はここにいるんじゃないだろうな」

「いるわ」

彼はやれやれとポーチの階段に腰をおろした。そして煙草《タバコ》入れから葉巻を一本取り出す。アトランタではまず見ることのない上等の葉巻。平和ないいにおいがした。

「おかしな話だなあ。こんな奇妙な話は聞いたことがない」

「そうかしら。だって仕方ないでしょう。あの人は私の義理の妹だし、他に頼る人がいないんだもの」

私はいつものようにそっけなく答える。

「僕は前から気づいていたよ。君はウィルクス夫人にうんざりしている。鈍感でくだらない女だと思っているだろう。だから彼女によく、つんけんして小馬鹿にしたような態度をとる。それなのに、こんな危険な時に彼女に付き添うって、とてもおかしなことじゃないか」

「だから言ったでしょ。彼女は死んだ私の夫の妹なのよ」

「っていうよりも、アシュレ・ウィルクスの妻だからじゃないのか」

私はぱっと立ち上がった。本当にこの男、ひっぱたいてやりたい。

「なんて失礼なこと言うの！　たとえポーチでも、あなたなんか家にあげるんじゃなかったわ」

「まあ、座れよ。座って気持ちを落ち着けろよ」

レットは急に優しくなり、私の手をとった。その時、どうしてかわからないけれど、私の中で抑えていた大きなものがどっと爆発した。私は声をたてて泣き始めたんだ。

「私だってタラに帰りたい……。お母さまのところに帰りたいのよ……。でも手紙が来たの。北軍が家の近くまで来ているし、妹が腸チフスにかかってるって。だから今は帰ってくるなって。私は、私は……」

「もう泣くな。タラより、アトランタの方がずっと安心だよ」

レットは私の手をしっかりと握って言った。

「北軍は君に何もしないだろうが、腸チフスはそうはいかないからね」

「北軍が何もしないですって。そんなの嘘に決まってる」

私はもう泣くのをやめて、レットを睨《にら》みつけた。

「よくもよくも、そんな嘘つけるわね」

「マイ・ディア・ガール、よくお聞き。北軍は悪魔じゃない。いろんなことを言われているが、我々南部人とほとんど同じだよ。もちろんちょっと行儀は悪くて、言葉遣いはひどいがね」

「でも北軍が攻めてきたら――」

その後はとても言えることじゃない。だけど私がいちばん恐れていること。

「君をレイプするっていうこと？　それはないと思うよ。もちろんしたくなるとは思うけど」

「そんな汚らわしいこと言うなら、すぐにここを出てって！」

私はもう一回立ち上がった。本当にこの男ったら、どうしてそんなことを言えるんだろう。この男は絶対に皆が言うとおり南部紳士じゃない。

「僕に腹を立てたって仕方ないだろう。お上品に育てられた南部の淑女たちは、みんなそのことを心配しているはずさ。あのメリウェザー夫人と同年齢のご婦人さえもね」

　私は黙った。ここ最近、私たちがひそひそ話をするのはそのことばっかりだったんだもの。

「でも僕はついていた。この家にはピティさんもいない。君ひとりでいるところに来るなんて……」

　レットが私の手のひらにキスをする。なんて男なの。保護者が誰もいなくなったこのうちで、私に告白しようとしている。この三年、私のことをさんざんからかったり、皮肉を口にしてきたけど、やっぱり私のことを愛してるんじゃないの。もちろんつっぱねてやる。私はあなたの妹にしかなれませんわ、とか言ってやろう。私は楽しい期待でドキドキしてきた。

「スカーレット、君は僕が好きだろう。そうだろう」

　ちょっと意外なはじまりだけど、まあいいか。

「そうね、時々はね」

　私はつんとして答えた。

「あなたがならず者みたいにふるまわない時はね」

彼は笑った。

「いや、君が僕を好きなのは、僕がならず者だからさ」

手首近くにキスをする。私は心臓が破れそう。手にキスされているだけなのに、どうしてこんなにうなじから震えてくるの。

レットは耳に唇を寄せてきた。葉巻のにおいと共に、強い男の人の体臭を感じた。

「それでも君は僕のことが好きだ。どうだい、僕を愛することが出来るか」

「それは無理ね」

やっとの思いで口にした。

「その礼儀作法をあらためない限りはね」

「まだそんな憎まれ口を叩《たた》くのかい。僕は君が大好きだ。だけど愛しているわけじゃない。君は魅力的だから愛しても不思議じゃないけど、君はなにしろ現実主義で抜け目がない。おそらくそれはアイルランドの農民だった祖先からひき継いだものだろうがね」

なんなの、この男！　私のことを侮辱している。愛してない、の次は、アイルランドの農民だなんて。怒りのあまり、言葉が出てこない。

彼はキスをするまでに私に身を寄せてきた。

「君が僕を好きなのは、似た者同士だからだよ。もしかするとアシュレ・ウィルクス君は墓に入っているかもしれない。だけど君は彼の思い出を後生大事にしている。それでも君の心の中に、僕が入る余地はあるんだよ。スカーレット、嘘をつくな。いい子ぶるのはやめるんだ。僕は本当のことを言おう。君を初めて見た時、あのウィルクス家のパーティーで、君が哀れなチャーリー・ハミルトンをたぶらかしているのを見た時から、ずっと君が欲しかった。僕はこんなに女性を求めたことはない。こんなに待ったこともな」

ひねくれた男だけど、やっぱり私にプロポーズしているじゃないの。私は態勢を立て直した。

「ミスター・バトラー、あなたは私に結婚を申し込んでいらっしゃるのね」

「まさか、とんでもない。僕はつくづく結婚に向かない男なんだろうな。それは前に言ったはずだよ」

〝ディア・ガール〟と彼は言った。

「君の知性に敬意を表し、誘惑だの告白だのは省略しよう。ずばり言う、僕の愛人になってくれ」

愛人！　私は叫んだ。南部のレディのこの私に愛人になれですって！

「愛人、愛人ですって！　愛人なんてベッドの上のことにはげんで、ガキをぞろぞろ産むのが仕事じゃないの！　ふざけんな！」

私はいったい何を言ってるの。こんな汚い言葉を、いくら汚い男相手でも口にするなんて。レットは笑っている。

「スカーレット、だから僕は君が好きなんだ。君ほど正直な女はいない。他の女なら、失神するところだったけどね」

もう二度とここに来ないで、と私はわめいた。

「今度こそきっと許さない。くだらないキャンディだのリボンだのを抱えてやってきても私は許さない。お父さまに言いつけるわ。そしたら、あなた、お父さまに殺されるわよ」

殺されるわよ、と私は力を込めて発音した。レットは大げさにお辞儀をする。ランプの光の中で口髭《ひげ》の下の歯が見えた。この男は笑っているのだ！

ああ、口惜《くや》しい。誰かこの男を本当に殺してほしいと私は心から思った。

21

砲弾の音が絶えなかった、死ぬほど暑い八月。

その夏が終わろうとした頃、アトランタの町は不意に静かになった。攻撃がぴたりとやんだんだ。

いったい何があったの。

私たちは通りに出ては顔を見合わせた。だけど答える人は誰もいない。新聞なんか、インクや紙がなくなってとっくに発行されなくなったんだもの。

北軍《ヤンキー》との交渉がうまくいっている。いや、もうじき大攻撃が始まるんだとか、みんな噂《うわさ》にとびつき、またそれで不安になった。

私たちは少しでもいい知らせが聞きたくて、軍の本部に押しかけていったけれど、何の知らせもない。電信局も鉄道駅も、ぴたりと押し黙ったままだ。

町はひっそりと静まりかえっている。数えてみると、アトランタが包囲されてから三十日がたとうとしていた。たった一ヶ月。

今やアトランタは、守りのための赤土の壕《ごう》にぐるりと囲まれている。そして病院に向かう、ケガをした兵を乗せた馬車の列。そこいらにころがっている死体を、無造作に埋めていく男たち……。

少し前まで私たちは南部の勝利を疑わなかったのに。そう、ほんの四ヶ月前に、北軍はドルトンを南下してきたのだ。

南下、南下……。北軍がどんどん私たちの土地を踏み荒らしに来るなんて、私は想像も出来なかった。

私がハンサムな士官たちと、小川の岸辺でピクニックした村、ピーチツリー・クリークやユトイ・クリークは、戦場となっているらしい。

みんなの緊張が極限に達した頃、やっと知らせが届いた。北軍のシャーマン将軍は、アトランタの最後に残った一辺を押さえ込もうとしているという。ジョーンズボロで鉄道を攻撃し始めたんだ！　これをなんとか阻止《そし》しようと、何千人という南部兵士が、町の近くの塹壕《ざんごう》から出てきて集結した。そしてジョーンズボロに向けて移動し始めたという。アトランタが急に静かになったのはこういうわけなんだ。

だけどこの不気味な静寂。

どうしてジョーンズボロなの？

不安のあまり大声を出してしまいそう。タラとジョーンズボロはとても近い。

どうしてジョーンズボロを狙わなきゃいけないの。鉄道を攻撃するにしても、他にも場所はあるはずなのに。

もう一週間もタラからの手紙は来ない。最後のお父さまの手紙には、末の妹のキャリーンが腸チフスにかかったと書いてあった。何も心配しなくてもいい、と書いてあったけれど、回復したという手紙はまだ来ていない。

ああ、心配で心配でたまらない。これだったら、メラニーが何と言おうと、包囲戦が始まる前にタラに帰っておけばよかった……。

そうこうするうち、信じられないような噂が流れてきた。ジョーンズボロから北軍は追いはらわれたんですって。だけど、駅を焼き、電線を切断し、線路を三マイル（五キロメートル）も破壊して逃げたっていう。工作隊が死にものぐるいで修復しているんだけど、北軍たちは枕木をはがして焚《た》き火をして、もぎとったレールをそこにくべたって！　信じられない。北軍ってなんて野蛮な奴《やつ》らなの。

でもジョーンズボロから北軍がいなくなったと聞いてひと安心。しかもお父さまからの手紙が届いた。フッド将軍の使いに来た人に、お父さまが手紙をことづけたんだ。こんな無茶をして届けられる手紙って……。

私は膝をがくがくさせながら封を開けた。キャリーンが死にかけているんじゃないかしら。必死で目を走らせる。なぜって今、南部では紙がものすごく不足しているから、お父さまからの手紙は、このあいだ私が送った便せんの行間に書かれているんだもの。

「愛する娘よ。お前のお母さんと妹たちが腸チフスにかかった。病状はとても悪いが、最善を祈ろう。絶対に帰ってきてはいけないよ。お前とウェイドを危険にさらすことは出来ない。母さんから、お前のことを愛していると。そして母さんのために祈ってほしいと」

私は階段をかけ上がり、自分の部屋に入った。ベッドのそばにひざまずいて、心から祈った。こんなに真剣に祈ったことはない。

マリアさま、どうかお母さまをお助けください。お母さまを救ってくだされば、私はきっといい娘になります。お願い、どうか助けて。

次の週もずうっと私は手紙を待った。馬のひづめの音が聞こえるたびに、びくっとしてドアに走った。

どうして手紙が来ないの。ここからたった二十五マイル（四〇キロメートル）しか離れていないのに。

タラ、わが家！　アシンメトリーの白い屋敷。窓には白いカーテンがはためいて、芝生にはクローバー、玄関の階段には、小さな黒人の少年がいて、花壇に入りこもうとするアヒルや七面鳥を追いはらっている。輝く太陽の下、赤い土の畑にはずうっと続く白い綿花。ああ、タラ、私の大切な大切なわが家。

それなのに帰ることが出来ないなんて。

ああ、いまいましいメラニー。そう思ったのは千度めだ。

どうしてピティ叔母さんと一緒にメイコンに行かなかったの。自分の親戚のうちでしょう。それなのに、血もつながっていないのに、どうして私にべったりくっついてくるのよ。あの人がメイコンに行ってくれれば私はタラに帰れたのに。

ああ、お母さま、お母さま、どうか死なないで。どうして赤ん坊は生まれないの。

もういや、こんな危険なところでだらだら過ごすのは。

そうだわ、今日ミード先生に会って、出産を早める方法がないかきいてみよう。赤ん坊さえ生まれれば、私はウェイドを連れてタラに帰れる。特別のコネを使って護衛をつけてもらおう……。

でも難産になるってミード先生は言ってた。それってメラニーが死ぬってこと？　もしメラニーが死んだら、アシュレはどうなるの？　いいえ、そんなことを考えちゃダメ。どっちみちアシュレは死んでいるのよ。

でも、もしアシュレは生きていて、メラニーが難産で死んだら……。ダメ、なんておそろしいことを考えるの。毎日祈っているでしょう、お母さまを救ってくれれば、私はきっといい娘でいるって。

ああ、私はここを抜け出したいの。このままここにいたら、私は頭がヘンになるかも。かつては大好きだった町、アトランタ。活気があって素敵なものに溢《あふ》れていた。でももうイヤ。この不気味な静寂の中には、恐怖しかない。砲弾のやかましさの方がまだ救いがあった。

そう、町に残っているわずかな兵士は、もう負けが決まったレースを無理やり走らされている競技者みたい。やつれて疲れ果てている。

そう、私たちはとうに知っていた。メイコンの鉄道が陥落すれば、アトランタも陥落するだろうっていうこと。


九月一日の朝、私は目を覚ました。それは昨夜からずっと続いていた恐怖心のせいだった。でもどうしてこんなに怖がっているのかよくわからない。寝起きでぼんやりしているから。

そう、戦闘よ、戦闘。昨日どこかで大きな戦闘があったんだわ。それでどっちが勝ったんだっけ？

私は目をこすりながら身を起こした。早い時間なのに、あたりはもう蒸し暑かった。真昼になれば、目に痛いほどの青空が広がり、太陽が容赦なく照りつけるはず。

でもまだ家の前の道は静かだった、荷車が行き交うこともない。近所の家から、黒人たちののんびりした声や、朝食の仕度の音が聞こえることもない。だってこのあたりの人たちは、ミード夫人とメリウェザー夫人を除いて全員メイコンに避難していたから。商店や事務所だって、ほとんどは錠《じょう》をおろし、ドアや窓に板をうちつけていた。そこにいた人たちは、ライフル銃を持ってどこかに行ってしまった。

私は確かな予感を持って窓から、赤く乾いた道を見つめた。

遠くから音が聞こえた。近づいてくる嵐の最初の遠雷のように、かすかでいて重々しい音だった。

雨かしら、と最初は思った。違う、雨じゃない。

「大砲だわ！」

心臓が破れそう。窓から身を乗り出し、どちらの方向から聞こえてくるんだろうと耳をすませた。だけど音は遠過ぎて、どこから聞こえてくるのかわからなかった。

神さま、南ではありませんように。ディケーターとかピーチツリー・クリークの、とっくに戦場になっているところからでありますように。

でも音は南から聞こえてくる。っていうことはタラの方向よ。シャーマン将軍の何千っていう兵隊が、すぐそこにいるんだ。

ああ、でもタラにいたい。北軍がいようといまいと、そんなことは構わない。胸騒ぎでもう息が苦しい。タラに帰りたいのよ、お母さまの傍《そば》にいたいのよ。

私はナイトガウンの裾《すそ》をもつれさせながら歩きまわった。不安で不安でそうしなくてはいられなかった。

そのうち、階下から食器の触れ合う音が聞こえた。プリシーが朝食の仕度をしているんだ。プリシーったら、もの悲しい声で黒人霊歌を歌ってる。

「すぐにこの世の苦しみは終わる。神のみもとに帰るんだ……」

私は腹が立った。ガウンを着て階段上から叫んだ。

「朝っぱらから、そんな辛気くさい歌歌わないでよ！」

「はい、奥さま」

私は自分がちょっと恥ずかしくなった。黒人の少女にあたるなんて、お母さまが見たら何て言うかしら。

メラニーの寝室へ行き、ドアを少しだけ開けた。メラニーはベッドに横たわっていた。目のまわりには黒いくまが出来ていて、ハート形の顔はむくんでいた。そしてきゃしゃな体は醜くふくらんで、お腹はぷっくりふくれていた。この姿をひと目アシュレに見せられればいいのにって、私は意地悪いことを考えた。一瞬だけど。

妊婦は何人も見ているけど、みんな上手にお腹を隠していた。こんなぶざまなはらみ女は見たことがない。

ふうーんって感じで私はのぞいていたんだけど、その時メラニーが目を開けた。そして微笑《ほほえ》む。私はこの微笑みが大嫌い。やわらかくて温かい微笑。これが嫌いっていう私って、本当に性格が悪いことになる。

「スカーレット、中に入って」

そう言いながら、ぎこちなく体を動かして横向きの姿勢になった。

「陽《ひ》が出てからずっと目を覚ましていたの。あなたにお願いしたいことがあるの」

もうこれ以上、私にものを頼まないで。あなたのために、私はどれだけの犠牲をはらっていると思ってるのよ。私はこう叫びたかったけれど、なぜか黙って近づいていった。もうじき母親になる女特有の、力強い静けさみたいなものが、私をおとなしくさせたんだと思う。

「今、大砲の音を聞いたわ。ジョーンズボロの方だったんでしょう？」

ええ、とだけ答えた。

「スカーレット、あなたは本当によくしてくれたわ。本当の姉妹だってこんなにはよくしてくれないと思うの。あなたを愛してるわ」

やめてよ、私を愛してるなんて。何も気づいていないの？　本当に馬鹿な女。

「それでね、スカーレット、私ずうっと考えていたんだけど、あなたにお願いしたいことがあるの」

メラニーは私の手をぎゅっと握った。熱い汗ばんだ手。

「もし私が死んだら、この子をひきとってもらえないかしら」

メラニーの目は大きく見開かれている。くまがあるから凄《すご》みさえあった。

「いいでしょう？」

やめてよ、こんな頼み方。私だっていつ死ぬかわからない時に。不安になるばっかりじゃないの。

「馬鹿言わないでよ」

私は怒鳴った。

「あなたが死ぬわけないじゃないの。最初のお産の時は誰だってそう思うものなの。私だってそうだったわ」

「いいえ、そんなことないはずよ。だってあなたは何ごとも怖《おそ》れないもの。あのね、私は死ぬのは怖くないのよ。でもこのお腹の子を残していくのはとても不安なの。もしアシュレが……」

そこで言葉を切った。もしアシュレが生きていたら、と言おうとしたに違いない。

「スカーレット、約束して。もし私が死んだらこの子をひきとって育ててくれるって。そうすれば不安がなくなるわ。ねえ、スカーレット、約束して。もし男の子だったら、アシュレみたいに育てて頂戴《ちょうだい》。もし女の子だったら……」

そこでちょっとためらったのを私は聞き逃さない。

「あなたみたいな女の子にしてほしいの」

「やめてよ、もう！」

私は怒鳴った。

「こんな大変な時に、あなたまで死ぬだのなんだの言わないで頂戴よ！」

「わかったわ、スカーレット。でも約束してね、今のこと。実はね、今日じゃないかと思うの。きっと今日だわ。私にはわかるの」

今日、出産するっていうこと？　やめてよ、そんなこと。

「だったらもっと早く私を呼べばよかったじゃないの。わかったわ、今プリシーにミード先生を呼びに行ってもらう」

「いいのよ、スカーレット。ミード先生がどんなにお忙しいか、あなただってわかっているでしょう。そのかわりミード夫人に来ていただけないかと頼んで。そうすれば先生に来てもらう時がわかるかもしれない」

メラニーは大変な難産になる、その言葉を思い出して私はぞっとした。

「どうしていつも、人のことばっかり考えるのよ。あなただって病院の人たちに負けないぐらいお医者さんを必要としているのよ。今すぐミード先生を呼びに行かせるわ」

「やめて、お願いよ。お産って丸一日かかるんでしょう。気の毒な兵隊さんがみんな先生を必要としている時に、何時間もここにひき止めておくわけにいかないもの。いざという時にだけ来ていただきたいの。だからミード夫人を」

「わかったわ」

私は立ち上がった。

何も怖れない人、ってメラニーは言ったけど、私はお産が本当に怖かった。だってミード先生は言った。メラニーは産道がとても狭いので、ひっぱり出さなきゃいけないだろうって。

赤ん坊をひっぱり出すですって。そんなことが出来ると思う？　そうよ、一刻も早くミード先生を呼ばなきゃ。

町はしんと静まりかえっている。もう逃げてくる負傷兵もいないいんだからあたり前だ。

その誰もいない赤茶けた道を、プリシーがのろのろと歩いてくる。全くこんな時に。いったい何をしていたの。

「ミード夫人は、いつここに来るのよ」

思いきり睨《にら》んでやった。

「お留守でした」

「じゃ、いつ帰ってくるのよ」

「それがあー」

もったいをつけてる。これから重大なことを話す合図。この子にはいつもいらいらさせられる。

「あそこの料理女《クッキー》が言うにはー、今朝早く知らせが来たそうでーす。フィル坊ちゃまが撃たれたって。それでタルボットじいやとベッツィを連れて、馬車で坊ちゃまをひきとりに行ったって。フィル坊ちゃまのケガはひどくって、当分はお帰りにならないだろうってぇー」

私はもう少しでプリシーをぶってしまいそうになった。この子は悪い話を、どうしてこう嬉《うれ》しそうに長ったらしく喋《しゃべ》るんだろう。

「じゃあ、メリウェザー夫人のところへすぐ行きなさい。夫人が来られないなら、ばあやを寄こしてほしいって。ほら、急いでいくのよ」

「あそこもお留守でしたよー、スカーレットさま。あそこのばあやと、ちょっと世間話しようと寄ったら、鍵がかかってました。きっとみんな、病院に行ってるんじゃないですかねー」

ああ、腹が立つ。思いきりこの子をぶったら少しは気分がすっきりするだろうけど、召使いの子どもに、そんなことをするのは、お母さまからいちばんいけないことと言われていた。

もう頭の中が混乱している。この町で残っているのは誰なの？　私たちを助けてくれそうなのは誰なの？

大嫌いで苦手だけど、エルシング夫人のところに頼みに行くしかないわ。

「すべてを丁寧に話すのよ。どうかここに来てくださいって。メラニーのお産がもうじき始まるって」

「はーい、スカーレットさま」

ゆっくり歩き始める。この子、私をからかっているんじゃないだろうか。

「こののろま、急ぐのよ！」

プリシーが出かけてから、メラニーは本当に苦しみ出した。声を必死で抑えているのがわかる。

どうするのよ、もうじきお産が始まる。すごい難産の。私は一人じゃ出来ない。絶対に。

一時間も過ぎた頃、やっとプリシーが帰ってきた。やっぱりこの子、どっかイカれてる！　スカートの裾をつまんで、頭をそらし、お祭りにでも行くみたいに気取って歩いてきた。なんて遅いの！

お母さまも見ていないし、この小娘、いつか鞭《むち》でうってやると私は歯ぎしりした。

「エルシングの奥さまも、病院だそうでーす。午前の列車で、ケガをした兵隊さんがいっぱい運ばれてきたそうです。クッキーは病院に持っていくスープをいっぱいつくってましたー。クッキーが言うには……」

「もうクッキーの話はどうでもいい！」

いつか絶対に鞭でうってやる。

「きれいなエプロンをつけて、すぐに病院に行きなさい。手紙をミード先生に渡すのよ。とにかく誰かお医者さんに来てもらうんだから」

そして力を込めてこう言った。

「今みたいなスピードで行って帰ってきたら、生きたまんま皮をひんむいてやるからね」

私は仕方なくメラニーの寝室に入り、手を握ってやった。

「もうすぐミード先生が来るから頑張るのよ」

苦痛にゆがんだ顔でメラニーは頷《うなず》いた。本当に不思議。こんな生きるか死ぬかという時に、どうしてメラニーといなきゃいけないいんだろう。大嫌い。いつもウザいと思ってる。それなのにどうして二人、誰もが逃げた町で、手を握り合っているんだろう。死んでくれたら嬉しいぐらいなのに。

死ぬ？　そう今日、メラニーは本当に死んでしまうかもしれない。大変な難産になるとミード先生は言っていたっけ……。

それにしてもプリシーは遅い。もう一時間たっている。通りを見た。駆け足でやってくる姿が見えた。皮をひんむく、という言葉がきいたのかも。私を見たらおびえた顔をした。悪い知らせだ。

「病院で聞きました。今、ジョーンズボロで戦ってます。ああ、スカーレットさま。あんなに近いタラはどうなるんですか。私の父さんや母さんは……。ああ神さま！」

「黙りなさい！」

私は手をあげた。

「それよりお医者さんはどうしたの⁉」

「誰もいなかったんです。メリウェザーの奥さまとエルシングの奥さまが、ミード先生は貨車のいちばん後ろにいるって教えてくれて。でも会えませんでした」

「それで他の医者は」

「こんなに大勢の兵士が死にかけてるのに、お産のことなんかで邪魔をするな、馬鹿やろう、って言われました」

私は彼女を殴るかわりに自分の帽子をとった。

「プリシー、よく聞きなさい。私はこれから病院に行ってミード先生を呼んでくるから。お前はメラニーの傍にいてあげなさい」

「そろそろ生まれるんですか、スカーレットさま」

「さあ、はっきりしないけど、お前ならわかるんじゃないの」

私は大股《おおまた》で外に出た。今日はいつにも増して暑い。陽ざしはぎらぎらと、こめかみのあたりまで差してきた。めまいがしそう。指先は冷たいのに、体中から汗が流れてきた。初めて味わう恐怖。砲弾が落ちてくる時も怖かったけど、今のそれはまるで違う。

敵はすぐそこにいる。そしてこの町をめざしてやってくる。なのにまだ赤ん坊は生まれない。私は逃げることも出来ないのだ。

町の中心部が近くなり、私はびっくりした。死んだようなうちの界隈《かいわい》と違い、あたりは殺気だった人たちで溢れていた。まるで蟻塚《ありづか》が壊れたみたい。パニックに陥った黒人たちがあたりを駆けまわり、家々のポーチでは、誰にもかまってもらえない白人の子どもたちが泣いている。

通りは負傷兵をいっぱい積んだ運搬馬車や軍用の荷馬車、旅行カバンや家財道具が満載の馬車でごったがえしていた。

知り合いのボンネル家の前では、エイモスじいやが馬車馬の頭を押さえて立っていた。私を見て目を丸くする。

「まだいらしてたんですか、スカーレットさま。私たちはもう行きますよ。奥さまは今、荷づくりをなさってます」

「行くって、どこに行くの」

「そりゃわかりません。とにかくどこかですよ。北軍が攻めてくるんだから」

はっきりとそれを聞いたのは初めてだった。

北軍が攻めてくる。私は礼拝堂の陰でひと休みして息を整えた。心臓の音がどくどくはっきりと聞こえる。とにかく落ち着かなきゃ。このままでは気絶してしまうわ。でもいったいどこに逃げればいいの。森に隠れるのはどう？　でもメラニーには絶対無理。お産をしたばっかりなんだもの。

落ち着いて、スカーレット。今、いちばん大切なことは、安全にお産をすませること。メラニーが身二つになること。

私は向こうからやってくる人混みをかきわけ病院に向かった。白人も黒人も、みんな逃げようと必死だ。すごい形相になっている。

駅前の広場では、傷病兵の運搬馬車が何台も停《と》まり、舞い上がる土埃《つちぼこり》の向こうに、医師たちと衛生兵たちがあわただしく動きまわっている。よかった。これならばすぐにミード先生を見つけられるだろう。

アトランタホテルの角を曲がった。私はああっと声をあげる。土埃の中、容赦なく照りつける太陽の下、何百人もの負傷兵が横たわっている。車庫の中ばかりか、線路や歩道にいたるまで、列をなしてぎっしりと並べられている。看護されている人は誰もいない。もうまるっきり動かない人もいて、その上を蝿《はえ》が群れをなして飛んでいるのを私は見た。

汗と血と体臭、それから排泄物《はいせつぶつ》のにおいが、熱波の中に立ち上がっていた。

負傷兵なら病院でも見たし、叔母さんのうちの芝生でも、私は何人も介護した。でもこの人たちは違う。ほったらかしにされている。助ける人はほとんどいない。

これがこの世の地獄っていうの？　急げ、と誰かが叫んでいる。急げ、急げ、北軍がもうじきやってくると。

私はスカートの裾をたくし上げて、彼らの間をすり抜けようとした。しかし誰かにつかまった。スカートをひっぱられる。

「お嬢さん、水を。お願いだ、水をくれ。頼むから水をくれ」

私は必死でスカートをひき離した。死んだ人はまたいで歩いた。

「水を……、水を……」とつぶやく人もまたいで歩いた。

早くミード先生を見つけないと、頭がおかしくなりそう。先生、いったいどこにいるの。私は声を限りに叫んだ。

「ミード先生、ミード先生はいらっしゃいませんか」

一人の男性が一団から離れ、こちらの方にやってきた。ミード先生だ。上着を脱ぎ、両袖を肩までまくりあげている。シャツもズボンも、頰髭《ほおひげ》もみんな血で汚れていた。やり場のない怒りで目がぎらついている。それでも穏やかな声で私に言った。

「ありがたい、来てくれたのか。猫の手も借りたいところだったんだ」

「先生、すぐ来てください。メラニーに赤ちゃんが生まれそうなんです」

先生はきょとんと私を見た。言っている意味がわからないという風に。

「メラニーの痛みの間隔が早くなっているんです。先生、早く来てください」

「赤ん坊、なんてことだ」

　先生は大声をあげた。そして憎しみと怒りで顔をゆがめた。それは私に向けられたものでないことはすぐにわかる。こんな場所と時に、そんなことが起こり得ることに対する怒りだったんだ。

「頭がどうかしているのか。ここにいるケガ人たちを置いていけるわけがないだろう。何百人も死にかけているんだ。誰か女性に手を貸してもらえ。うちの家内に頼むがいい」

　私はミード夫人が来られない理由を話そうとしてやめた。十六歳のフィルが撃たれたなんて言えるわけがない。

「先生がおっしゃったんです。すごい難産になると。先生が来なければメラニーは死んでしまうわ」

　先生は私の手を乱暴にふりはらった。

「死ぬ？　ああ、みんな死んでしまう。包帯はない、薬もない。モルヒネもクロロホルムもない。みんなここで死んでいくんだ。くそっ、北軍どもめ」

　私は震え始めた。お願い、先生。メラニーが死んでしまう。死んでしまう……。

　私の顔を見て先生は言った。

「わかった、努力はしよう。ここにいる者たちの手当てがすんだらな。努力はするよ。さあ、走って帰りなさい。赤ん坊を取り上げるのはそんなに大変なことじゃない。ただ臍《へそ》の緒《お》を切ればいいいだけだ」

その時伝令がやってきて、先生はその場を離れた。私のことはもちろん、メラニーも赤ん坊のことも頭から消えたのがわかった。

私は歩き始めた。

何とかしなきゃ。もう頼れる人は誰もいない。何とかしなきゃ。赤ん坊を取り上げ、メラニーと逃げるのよ。そう、急ぐのよ。

22

――北軍《ヤンキー》がやってくる――

私の頭の中で、その言葉が繰り返しずっと鳴り響いている。

息が苦しい。でも早く家に帰らなきゃ。

私はファイブ・ポインツの人混みの中に飛び込んだけれど、狭い歩道は立っていることも出来ないくらい。車道を歩くしかなかった。

兵士たちの長い列が行く。数えきれないくらい。千人？　ううん、そんなんじゃない。数千人はいる。みんな埃《ほこり》にまみれ、疲れきって表情をなくしている。痩《や》せたラバが運んでいるのは砲台だ。何度も鞭《むち》でうたれて今にも倒れそう。キャンバス地の幌が破れたままの軍用馬車が、揺れながら走っている。

やっとわかった。これは退却する兵士なんだわ。

退却！　退却！　私たちの南部連合軍は敵から完全に逃げようとしている。この町を通って。ということは、このアトランタに北軍がやってくるっていうことじゃないの。

あっけにとられているうちに、私は兵士に押され、人がひしめいている歩道に戻った。安いコーンウイスキーのにおいがぷんと鼻をついた。ディケーター通りの近くには、派手に着飾った女たちがいた。みんな酔っぱらっている。その中心にいるのがベル・ワトリングだわ。汚らわしい娼婦《しょうふ》だから誰も相手にしなかった。それなのにメラニーは、あの女から南部への寄付を受け取ったんだっけ。

「あの人だって、国を思う権利はあるのよ」

みたいなことをメラニーは言ってたけど、あの女たちは次にやってくる北軍をお客にするつもりなんだ。ふん、最低の女たち。酔っぱらったベル・ワトリングは、やっぱり酔っぱらいの片腕の兵士にしがみついて笑ってる。

人をかきわけ、必死で歩いた。ファイブ・ポインツから一ブロック先まで進むと、やっと人が減ったので、スカートをたくし上げて走り出した。

走って、走ってウェズリー礼拝堂までたどりついた。息が苦しくて、めまいがする。もう吐きそう。階段に座り込んで、両手で顔を覆《おお》った。息が楽になるのを待つ。はあ、はあと自分の息遣いが聞こえる。

ずうっとこうしていたい。もう二度と動きたくない。私には出来っこないもの。誰も頼りになる人がいない。助けてくれる友人や知り合いはみんな逃げてしまった。いつだって手足となって働いてくれた黒人も、今は誰もいない。私はひとりぼっちだ。

ああ、うちに帰りたい。お母さまに会えたら。マミィの太く黒光りする腕に抱かれ、

「大丈夫です、お嬢さま。もう心配することは何もありません」

と言ってほしい。

どのくらい時間がたったんだろう。やっと立ち上がった。責任感からじゃない。家に帰らなきゃ仕方ないじゃないの、っていう諦めからだ。

ピティ叔母さんのうちに戻ると、ウェイドが扉を開け閉めして遊んでいた。私を見たとたん、わっと泣き出す。

私は怒鳴った。

「静かにしなさい。静かにしないとお尻ぶつわよ。裏庭に行って泥んこ遊びでもしなさい」

「ボク、お腹が空いたんだ」

ウェイドは指をくわえて泣きじゃくる。本当にうるさいんだから。腹が立ってきた。私はこれからしなきゃいけないことがいっぱいあるのよ。

「とにかく裏庭に行きなさい。そこから動かないの。いいわね」

ウェイドは泣きながら向こうへ歩いていった。

家の中に入ると、二階の開いたドアから、メラニーの低いうめき声が聞こえてくる。プリシーが二段飛ばしで階段をかけおりてきた。

「ミード先生は来るんですか?」

「いいえ、来られないのよ。もし来られなかったら、お前が赤ん坊を取り上げるしかないわね」

プリシーはぽかんとしている。私の言ったことが理解出来ないというように。

「そのアホ面《づら》、やめなさいよ」

「でもスカーレットさま」

プリシーは後ずさりしていく。

「スカーレットさま、あたし、お産のことなんか何も知らないんです。お産の時は、お母さんが絶対に近寄らせてくれなかったんです」

怒りで目の前が赤くちかちかした。こんな小娘を信じた私が馬鹿だった。産婆もする母親を手伝っていたって。お産のことなら何でも知っている、という言葉をどうして鵜呑《うの》みにしたんだろう……。

こんな時に、北軍がもうじきやってくる時に……。ああ……。

気づいたら、プリシーを思いきりぶっていた。私は奴隷に手を上げたことはいっぺんだってない。お母さまからきつく言われていたからだ。それなのに一度だけじゃなく、二度も三度もぶった。思いきり。

プリシーはすごい叫び声をあげる。痛みよりも、私の表情がすさまじかったからに違いない。

この声が届いたのか、二階のうめき声がいったんやんで、メラニーのかぼそい声がした。

「スカーレット……帰ってきてるの？　お願い来て頂戴《ちょうだい》。お願い……」

今行くわ、と応えながら、ウェイドを産んだ時、お母さまやマミイがしてくれたことを、全部思い出そうとした。

でも無理。あの時は痛さで泣き叫んでいた。何も憶《おぼ》えてない。憶えてないわ。でも、思い出そうと必死になると、いくつかのことが甦《よみがえ》ってくる。私は威厳を持ってプリシーに命じた。

「台所のコンロに火をおこして、やかんにお湯を煮たてておきなさい。家中のありったけのタオルを持ってきて。それからハサミもね。見つからない、なんて言わせないわよ。そんなことを言ったらお前の頭を熱湯につけてやる。さあ、急ぎなさい」

これは私のためにも効果的だった。私は階段をのぼりながら覚悟を決めた。他には誰もいない。私と役立たずのプリシーとで赤ん坊を取り上げるのよ。私たち二人で。

こんなに長い午後はなかった。そしてこんなに暑い午後も。

私が払っても払っても、蠅《はえ》はしつこく群がってきた。汗ばんだ顔に張りついてくるのだ。

「脚の方もお願い……」

メラニーが声を出す。蠅は彼女の湿った脚も狙ってくるのだ。陽《ひ》よけはすべておろしているので、部屋は薄暗かった。部屋の中はオーブンに入ったみたい。私のドレスは、ぐっしょりと肌にべたついてきた。プリシーもやっぱり汗まみれで、部屋の隅でうずくまっている。外に出すと逃げそうなので、私がそこにいなさいと脅したのだ。

メラニーはベッドの上でたえず体をよじっていた。シーツは汗で変色していたけど、取り換える余裕なんてもちろんない。

やがて身もだえし始めた。最初のうちは叫ぶのをこらえようと、傷がつくほど唇を嚙《か》みしめていたので、私はこう言ってやった。

「メラニー、叫びたければ叫んでもいいのよ。どうせ私たち以外は誰も聞いていないんだから」

これが励みになったのか、それとも絶望をもたらしたのか、私にはわからない。だけどメラニーはうめき始め、時々金切り声をあげるようになった。

そのおそろしいことといったら……。私は耳をふさぎたくなった。メラニーみたいにつつましい女もこんな声をあげるなんて。この先どんなことが待っているっていうの。

そういえばピティ叔母さんが話していたっけ。二日間お産で苦しんだ女性が、結局自分も子どもも死んでしまったって。

体の弱いメラニーが、同じようなことになったらどうしたらいいんだろう。私はもう二度とアシュレに顔を合わせられない。いや、アシュレだってとうに死んでいるかもしれない。ああ、メラニー、とにかく頑張って。早く早く子どもを産んで。お願い。もうじき北軍は、この町にやってくるのよ。

メラニーは私の手を握りたがったけれど、骨が折れそうなほどすごい力を込めるので、タオルを代用した。長いタオルを二枚結びつけ、一方をベッドの脚にゆわえつけた。そしてもう一方で結び目をつくり、メラニーに持たせることにした。

彼女ったら、それに力の限りしがみついた。まるで命綱にすがるみたい。ぴんと張るほどひっぱったり、ゆるめたかと思うと、次の瞬間引きちぎるかと思うほど力を込める。

「スカーレット、何か話して。お願いよ……」

私はぺらぺらと話し始める。そうでもしなきゃ、こちらの頭もおかしくなるみたいだもの。

「メラニー、憶えてる？　オークス屋敷でのバーベキューパーティー。あの前にみんないったんお昼寝したでしょ。そう、寝室のベッドに、みんなドレスを脱いで並んで眠るのよ。あそこでお喋《しゃべ》りしたり、秘密をうちあけ合うから、そのうるさいこといったらないわ。あなたの義理の妹だけど、インディアったら、よくこんな噂《うわさ》話が出来るって思ったぐらいよ。だから私はね、いつもひとりで隅のソファで……」

途中でウェイドがやってきて、お腹が空いたとまた泣くので、頭がおかしくなりそう。私はプリシーに言って、朝ご飯の残りのコーンブレッドを食べさせた。

「その後で、ミード先生を呼んできて。メラニーのお産がそろそろ始まりそうだって」

あえぎながらも、メラニーが深いため息をもらしたのがわかった。やっぱりすごく安心したに違いない。

プリシーが出ていってから、また長い長い時間がたった。そしてひさしの間からの光が、太陽が落ち始める橙色《だいだいいろ》に変わる頃、プリシーは帰ってきた。

「ミード先生は、兵隊さんたちと一緒に出発したみたいです」

「何ですって」

「それから、撃たれたフィル坊ちゃまが亡くなったみたいです」

ミード先生の末息子だ。たった十六歳だったのに。

「それからミード先生の奥さまにも会えませんでした。坊ちゃまの体を清めて、お墓に入れる準備をしてるそうです。それが終わったら、すぐに先生を追ってここを出ていくって……」

その時、メラニーが目を大きく見開いた。

「ねえ、北軍が来るの？」

「いいえ」

私はきっぱりと答えた。

「この子が嘘《うそ》ばっかりつくの、知ってるでしょ」

「はい、そうです。あたしは嘘ばっかりついてます」

プリシーはとっさに頷《うなず》いたが、これでかえって、北軍が来ることが本当だとわかってしまった。

メラニーは枕に顔を埋《うず》めた。

「かわいそうな赤ちゃん……かわいそうな私の赤ちゃん」

といううくぐもった声がした。

「ああ、スカーレット。もうこんなところにいてはダメ。ウェイドを連れて早く逃げるのよ」

それはさっきまで、私が考えていたことだった。なのに私は、大きな声でメラニーを叱《しか》りつけていた。

「バカなことを言わないでよ。あなたを置いて出ていけるわけがないでしょ！」

「置いていっていいのよ。どうせ私は死ぬんだもの」

それを言うのがやっとだった。メラニーはギャーッという大絶叫をあげたのだ。

「大丈夫」

と肩を抱いて私ははっとした。どうして私は気づかなかったんだろう。シーツの下の方がぐっしょり濡《ぬ》れているのを、汗のせいだと思っていた。違うこれは。

「奥さま、破水が始まりました。もうすぐです」

私の出産の時の、マミイの声が甦った。そう、もう後もどりは出来ない。

「さあ、メラニー、脚を開きなさい。赤ん坊が出てくるのよ」

メラニーにもう恥ずかしがっている余裕はない。女の人のあそこを初めて見た。その間から濡れた髪を持ったものが見え隠れしている。両手でそれをつかんだ。ぐにゃりとしたものをひっぱり出そうとした。

メラニーは人間のものとは思えない声をあげた。うまくつかめない。力を入れてやっとつかんだ。

「さあ、力を込めて！」

お母さまの声と私の声が一緒になる。


よろよろと階段をおりた。まるでお婆《ばあ》さんのように、手すりにつかまり一段一段おりていった。そしてドアを開けて外に出た。階段のいちばん上にへたり込んで座った。だけど座ることも出来なくなって、すぐに横たわった。疲れている、なんていう状態じゃない。体中に鉛を入れられたみたいだ。

私はメラニーの股の間から赤ん坊をひっぱり出し、臍《へそ》の緒《お》をハサミで切った。ああ、あんなおそろしいことを私がしたなんて、まるで実感がない。悪夢のような時間だった。怖かった私は、とても乱暴にすべてのことを行った。メラニーは、あまりの苦痛にものすごい声をあげ続けていた。もし私があんなことをされたら、間違いなく死んでいたはず。だけどメラニーは耐えた。そして本当に弱々しい声で、

「ありがとう……」

と言ったんだ。そしてすぐに眠りに落ちた。信じられる？　死にそうな目にあったのに、メラニーはぐっすりと眠ってるんだ。

赤ん坊は男の子。本当にちっちゃくて、ミューミューと仔猫《こねこ》みたいな声で泣いた。今プリシーが産湯《うぶゆ》につからせてる。お産にはまるで役に立たなかったが、これだけはちゃんとやってる。

怖かった。本当に怖かった。自分が産む時も恐怖しかなかったお産を、どうしてやってのけたんだろう。両手を見た。さっき洗ったけど、まだ少し血がついている。ぜいぜい息をしているうちに、涙がぽたぽたこぼれ落ちた。そして声を出して泣いたんだ。こうして心と頭を空っぽにした後、のろのろと立ち上がった。

今って何時なの？　まだ宵《よい》の口《くち》なの？　それとも真夜中なの？

その時、道の遠くから大勢の人たちが歩いてくる音を聞いた。兵士たちがやってくる。南軍の兵士だ。何人いるかわからない。たくし上げていたスカートをおろし近づいていった。一人に話しかける。

「行ってしまうんですか。私たちを置いていくんですか」

兵士は帽子をとった。闇の中で案外若い男の声がした。

「そうです、奥さん、そうなんです。我々が戦場に残っていた最後の部隊です。ここから北に一マイル（一・六キロメートル）のところにいました」

一マイルですって。本当に目と鼻の先じゃないの。

「それじゃ、北軍はそこまで来ているのね？」

「ええ、北軍はもうすぐやってきます」

そして男は去っていった。闇の中に遠ざかっていく足音は、
北軍が来る
北軍が来る
ってリズムを刻んでいるみたい。

いつのまにかプリシーがすぐそばにいた。

「北軍が来るんですか？」

私に身を寄せてきた。

「ああ、スカーレットさま。みんな殺されてしまいます。あいつら、女でも腹に銃剣をつき刺すんですよ」

「お黙り！」

またひっぱたいてやりたくなった。北軍はお前たちを自由にしたいから戦っているんだって。こう言ってやりたいけど、こんな馬鹿なチビにわかるはずはない。

北軍がもうじきやってくる！　本当にどうしたらいいの？　みんなこの町から逃げ出したんだ。それなのに私は幼い子どもと、生まれたばかりの赤ん坊とその母親を抱えている。助けてくれる人は誰もいない……。

ちょっと待ってよ。私は思わず声に出していた。レット・バトラーがいるじゃないの。大嫌いな男だけど、力もお金もたっぷりある。頭もいい。北軍とも何かつながりがあるみたい。どうして彼のことを思い出さなかったんだろう。メラニーのお産に気をとられて、男の人をまるっきり近づけなかった。助けてくれるのはミード先生は別として、この町の有力者のおばさんたちだと考えていた。でも、レットがいたじゃないの。困った時には、信じられないような力を発揮するあの男。うさんくさくて、失礼な男だけど、確か立派な馬と馬車を持っていたはず。どうしてすぐに思いつかなかったんだろう。そうよ、あの男がいるじゃないの。

「プリシー、バトラー船長がいるところは知っているわね。アトランタホテルよ。今すぐ行ってきなさい。そしてこちらの事情を話すのよ。赤ん坊もいてすごく困ってる。逃げ出すことが出来ないって。わかった？　さあ、行きなさい」

「そんな！　スカーレットさま」

プリシーは拒否する時の癖《くせ》で身をよじらせた。

「一人きりで暗いところを行くのはおっかないです。もし北軍につかまったらどうするんですか」

「今通った兵隊さんたちにくっついていけば大丈夫よ。さ、急ぎなさい」

「スカーレットさま。もしバトラー船長がホテルにいなかったらどうしたらいいんですか」

「ホテルにいなかったら？」

一瞬言葉に詰まった。

「どこに行ったかホテルの誰かにきくのよ。ホテルにいなかったら……、ディケーター通りの酒場に行って探しなさい。ベル・ワトリングの店よ」

「でもぉー」

プリシーは身をくねくねさせる。

「スカーレットさま、酒場だの、売女《ばいた》だの、そんなところに行ったら、お母さんに鞭でうたれてしまいますよ」

「早く行くのよ。言うことを聞かないなら、またぶつわよ。入るのがイヤだったら、店の外に立って、船長ーって呼ぶのよ。さっ、行きなさい。それともお前、売りとばされたいの？　さっ、行きなさい。行くのよ」

怒鳴らないと、こちらが泣きたくなってくる。

ランプを持って台所に入った。昨夜から、ほんのひと口のひき割りトウモロコシ以外食べていない。フライパンに、ウェイドの残したコーンブレッドがあったので、それをがつがつ食べた。

もう二階に戻るのは絶対にイヤ。死んだってイヤ。メラニーや赤ん坊が死にかけたって、私の知ったことじゃないわ。私はあの人の股の間に手をつっ込んで、赤ん坊を取り上げてあげたんだ。この私が！

もうそれだけのことをしたから充分じゃないだろうか。ブレッドのかけらを持って外のポーチに出た。それをゆっくりと噛む。塩気がなくてまるでおいしくなかったけど、とにかく食べなくっちゃ。こんな風に外の空気を吸いながらものを食べていると、少しはさっきまでの恐怖が薄れていくような気がする。

だけど本当の恐怖はこれからだっていうことを思い知らされる。

木々の上にかすかな光が見えた。あれは何なの？　見つめているうちに、光はどんどん大きく明るくなってきた。そして突然、木々の上に巨大な炎があがった。

立ち上がる。心臓がぱくぱくした。

ついにやってきたんだ、北軍が！　そして町を焼こうとしている。私の目の前で炎はどんどん大きくなり広がっているではないか。あちらの町並はブロックごと、炎に包まれ始めた。熱風が巻き起こる。煙のにおいを運んでくる。

私は二階に駆け上がって窓を開けた。炎の方向を眺める。炎は、黒煙を巻き上げながらこっちに進んできた。あの炎がピーチツリー通りを走り、こっちにやってくるには、あとどのくらい？　もう時間がない。すぐ、そこに、ほら、すぐそこにやってきている。

そして炎と一緒に北軍が迫ってくる。アトランタの北にあるこの家は真先にやられる。

あとどのくらい？　あとどのくらい？　どこに逃げればいいの？

パニックのあまり、体がぐらぐらしてきた。やっとのことで窓枠につかまった。

これからどうしたらいいの？　落ち着いて考えなきゃ、考えなきゃ！　だけど何も考えることが出来ない。怖い、逃げなきゃ。でも、どうやって。怖い、怖い。ただそれだけ。

その時、耳をつんざくような爆音が響きわたった。今まで聞いたどんな音よりもすさまじい音。炎が窓を垂直に走る。また爆音がとどろいて大地が揺れた。頭の上の窓ガラスが割れて、破片が私めがけて落ちてきた。

地獄だわ。地獄が始まるのよ。

その時隣りの部屋から、メラニーの弱々しい声がした。でも知ったことじゃない。もう誰のことも考えられない……。

階段を二段飛ばしで上ってくる音がする。プリシーだわ。金切り声をあげながら私の腕にとびついた。だけど今の私にはふりほどく気力さえない。

「スカーレットさま、味方の兵隊さんです！」

わめき出した。

「南軍が工場や、軍の倉庫を焼いてるんです。北軍に渡さないために。大砲の弾と火薬を載せた貨車を七十両も爆発させたそうです」

私は力を込めて、プリシーの腕をふりほどいた。っていうことはまだ北軍は来ていないっていうことよね。まだ間に合うってことよね。

プリシーのおびえきった顔を見ているうちに、私はだんだん落ち着いてきた。そうよ、逃げるのよ、今すぐ。

「だけど船長はおっしゃいました。スカーレットさまに、どんなことをしても、馬を一頭盗んできてやるから心配するなって。だからすぐに帰って準備をしろ、って。その時、すごい音がして私が道にへたり込んだら、船長が言ったんです。あれは味方が爆弾を取られないためにやってるから安心しろって」

プリシーにしては、正確な情報を知っていると思ったら、そういうことだったたんだわ。

「じゃあ、船長は馬を連れてきてくれるのね？」

「そう言いました」

安心したあまり、そこに座り込みそうになった。もし馬がどこかにあるなら、レットはきっと手に入れるだろう。そういう男なんだ。

大きく深呼吸した。さあ、こうしてはいられないわ、逃げるんだ。

「ウェイドを起こして服を着せて。それから全員の服をまとめて小さなトランクに入れて。赤ちゃんを包む大きなタオルも。赤ちゃんの荷物もまとめて。それから、ここを出ることをメラニーには言わないで」

さあ、やるわよ。台所に入って、叔母さんが持っていかなかった高価な磁器と銀器を布でくるんで持った。だけど手が震えて、何枚も食器を割ってしまった。その音が大きくて、こんなことをしている自分に腹が立ってきた。

花模様の食器を大切に持っていってどうするの。やめた、やめた。今の私がしなきゃいけないことは、ここでレットを待つことだけ。

とりあえず椅子に腰かけた。そして机につっぷしてまだ続く爆発音を聞かないようにした。味方がしていることだとわかったので、前よりは怖くない……。

どのくらい待っただろう。何時間も何時間もそうしていたような気がする。

ようやくゆっくりとやってくる馬のひづめの音が聞こえた。頭がカッとする。どうしてもっと早く来ないの。どうしてこんなにゆっくりとしかやってこないの。

でも「レット！」と呼びながら玄関のドアを開けた。小さな荷馬車からゆっくり降りてくる人影がぼんやりと見えた。ランプをかざすと、その光の中にレットの姿が浮かび上がった。あいかわらず服装はきちんとしていて、白い麻の上着とズボンにひだのあるシャツ。つば広のパナマ帽は斜めに粋にかぶっていて、これからガーデンパーティーに行く人みたい。だけど上着のポケットは、弾薬でふくれ上がっていた。

信じられないことに、彼は酔っていてしかも楽しそうだ。

「やあ、久しぶりだね」

ゆったりとした口調で帽子をとった。

「いい天気じゃないか。君が旅に出ると聞いたんでね」

「こんな時に軽口を叩《たた》いたら、一生あなたを許さないから」

自分の声が震えているのがはっきりわかる。

「まさか怖がってるわけじゃないよね」

驚いたふりをしてニヤッと笑う。なんて男なの！

「ええ、怖いわよ！　死ぬほど怖いわよ！　もし神さまがあなたに、羊ぐらいのデリカシーを与えたら、あなただって怖がったはずよ。でも、もうこんなことをあなたと言い合う時間はないわ。ここを出なきゃいけないの」

「どうぞ、ご自由にマダム。でもどこに行こうとしているのかな？　僕がここに来たのは、ほんの好奇心からだよ。だって北軍は四方を囲んでいる。北にも南にも、西にも東にも行けない。この町から出る道で、北軍が押さえていないのはたった一本だけだ。だけどそこは南軍が退却している。軍を追いかけて街道を行けば、間違いなく馬を取り上げられてしまうぞ。たいした馬じゃないが、盗むのは大変だったんだぞ！」

私は彼の言葉を聞いていなかった。考えていたことはただ一つだけ。

「うちに帰るの」

「うち？　タラに帰るっていうのか」

「そうよ、帰る、絶対に。お母さまのところに」

「馬鹿を言うな。あっちには行けない。たとえ北軍に出くわさなくても、森には北や南からの脱走兵がうじゃうじゃといる。それに南軍の多くが、ジョーンズボロから退却中だ。すぐに馬を取り上げられる。うちに帰るなんて正気の沙汰《さた》じゃないぞ」

「でも、帰るの！　お母さまに会いたいの！　止めようとしたら殺すわよ！　私、うちに帰るの！」

わーっと涙が出た。泣きじゃくりながらレットの胸をこぶしで叩いた。

「絶対に帰るんだから！　お母さまのとこに帰るんだから！」

気づいたらレットの腕の中にいた。彼は両手で私の髪を撫《な》でてくれている。私の涙と汗でぐちゃぐちゃの顔は、レットのぱりっと糊《のり》のきいた、白いシャツに埋まっていた。ブランデーと煙草《タバコ》と馬のにおいがするシャツ。私はぐすっぐすっとしゃくり上げた。優しく静かな声がした。

「泣くな、ダーリン。おうちに帰してあげるよ。勇敢なお嬢さん、だから泣くんじゃない」

本当に優しい声だった。

23

家に帰りたい、お母さまに会いたいって、ずっと泣きじゃくる私を、レットはしばらく抱き締めていてくれた。

「さあ、泣くんじゃない。勇敢なお嬢さん、きっとうちに帰してあげるよ」

ポケットからハンカチを取り出し、私の涙を拭《ふ》いてくれた。その後、

「さあ、いい子だから鼻をかめ」

だって。でも私は子ども扱いされてとても嬉《うれ》しかった。やっと救われた気持ちになった。だから素直に鼻をかんだ。男の人の前でこんなことをしたことはないけど仕方ない。

「これからどうすればいいかを教えてくれ、ウィルクス夫人は子どもを産んだばっかりなんだろう。じゃあ、あの荷馬車で揺られるのは危険だな。君のうちまでは二

十五マイル（四十キロメートル）はあるだろう」

私は頷《うなず》く。そう、メラニーが今、大きな枷《かせ》となっているんだ。

「ミード夫人に預けるのがいいだろう」

「ミード夫人はいないの。みんな留守にしているわ」

息子のフィルが撃たれて死んでしまったから。でもそんなことを告げる余裕はもうなかった。

「仕方ない。荷馬車に乗せよう。それからあの頭の弱い小娘はどうしてるんだ」

プリシーのことだ。

「二階でトランクを詰めてるの」

「トランクだって！」

彼は大きな声をあげた。

「あの荷馬車にトランクを載せられるもんか。小さくてボロいときてる。何もしなくても車輪がはずれそうなんだ。あの馬鹿な小娘を呼んで、うちの中でいちばん小さい羽根布団だけを持ってこいって言うんだ」

でもまだ体が動かない。さっきまで絶望と疲れの中、ぼんやりとしていたんだもの。

「おい、おい、どうした。君は怖いものなしの、勇ましいのが取り柄の女だろう」

なんて憎たらしいことを言うの。レットを睨《にら》みつけたとたん、ようやく私の中に力がわいてきた。

私は黙ってランプを持ち、階段を先に進んだ。子ども部屋に入ると、ウェイドはプリシーの胸に抱かれて、ちょうど着替えの最中だった。私にさんざん叱《しか》られたので、べそをかいている。私は息子の小さな羽根布団に目をつけた。

「これを荷馬車に積んで。トランクはいいわ。これだけでいいの」

それからメラニーの寝室に入った。メラニーはシーツを顎《あご》まで引き上げて静かに眠っていた。目にくまが出来て、頬《ほお》はこけていたけれども、とても穏やかに眠っていた。気配で目を開ける。自分のベッドの傍《そば》に、レットが立っていてもまるで驚いてはいなかった。ここに彼がいるのは当然、というように静かに微笑《ほほえ》んだ。

「みんなでうちに帰るのよ、メラニー」

私はささやいた。

「北軍《ヤンキー》が来るの。だからレットに連れていってもらうの。他に方法はないわ」

メラニーは頷こうとしてかすかに頭を動かし、赤ん坊の方を指さした。その子は、さっき私がひっぱり出したばかり。メラニーよりも大きな枷になっている。だけど死なせるわけにはいかない。私は厚手のタオル二枚でその子をくるんだ。

「ウィルクス夫人……」

レットはメラニーに、まるで別人のような声を出した。

「なるべくお体にさわらないようにしますから、私の首に手をまわしてください」

メラニーはそうしようとしたけれど、まるで力は入らなかった。レットは身をかがめ、左腕をメラニーの肩の下に、もう一方の腕を膝の下に差し入れ、そっと抱き上げた。メラニーは声をあげなかったけれど、顔は真青になった。夫やお医者さん以外の男性に、抱かれることに耐えようとしているのだ。

部屋を出ようとした時、メラニーが弱々しく、顔を壁の方に向けた。

「どうしましたか」

レットが優しく尋ねた。

「お願い……。チャールズを」

そこにはチャールズの銀板写真と、形見の剣があった。冗談じゃないわよ。いくら自分の大切な兄さんだからって、逃げる最中にこんなものを運ばされるなんて。

「お願い、剣と写真を」

メラニーは必死だ。仕方なく、私は壁から二つをはずした。ランプのあかりで銀板写真をちらっと見た。大きな褐色の目がこちらを見ているみたい。私の夫だった男。たった数回だけベッドを共にし、自分にそっくりの男の子を私に遺《のこ》していった。でもまるで記憶がない。ほとんど何も思い出せない……。

その時、腕に抱いた赤ん坊が、ふにゃーっと猫の鳴くような声をあげた。これはアシュレの子どもなんだわ。

私はまるっきり憶《おぼ》えていない男の子どもを産んで、メラニーはアシュレの子どもを産んだ。こんなことってある？　私とアシュレの子どもの方がずっと生まれてくるのにふさわしいのに。

だけどそんなことを考えてる場合じゃない。私は階段を上がってきたプリシーに赤ん坊を渡し、玄関でボンネットをかぶった。

本当に馬鹿みたい。必死で逃げなきゃいけないっていうのに、外出の時に欠かせない帽子をかぶった。まるで必要じゃなかった、って気づくのはそのすぐ後だ。

玄関の前の荷馬車には、もうメラニーが横たわっていた。その横にはおびえきっているウェイドと、タオルにくるまれた赤ん坊がいた。プリシーも乗り込んで赤ん坊を腕に抱いた。

「さあ、出発だ」

レットは鞭《むち》をあてた。

荷馬車はとても小さく、荷台を囲う板も低かった。車輪は内側に傾き、一回転しただけではずれてしまいそう。それよりもっとみすぼらしいのが馬だ。痩《や》せ細った小さな馬は、がっくりと頭《こうべ》を垂れ、背中は傷や鞍《くら》ずれで赤い皮膚が見えた。ぜいぜいと荒い息をしている。

私はタールトン夫人の馬たちを思い出した。夫人が息子たちよりも大切にしていた、艶々《つやつや》とした毛並の見事な馬たち。しかし息子たちと同じように、みんな戦場で死んでしまったんだ……。

「たいした馬じゃなくて悪いな」

レットがニヤッと笑った。

「馬車をひいているうちに死んでしまいそうだよ。だけどこの馬しか盗めなかったんだ。この馬を盗むために、撃ち殺されかけた僕の冒険談を、いつか君に話してあげよう」

私は彼の傍に座っている。さっきひょいと乗せられたのだ。力強くあっという間に。

馬は歩き始めた。

もう何も怖くない。この男が横にいれば、北軍も爆音も火も。


本当にひどい馬だ。歩みが遅くのろのろとピーチツリーから西側に向かっていく。轍《わだち》だらけの小道に入ると、荷馬車は激しく揺れて、メラニーが押し殺したようなうめき声をもらした。お産したばかりの体に、本当にこたえるんだろう。

両側の家々は、もう誰もいないことがわかる。白い柵《さく》が墓石のように整然と光っていた。生いしげった葉の間から、赤い光が差し込んでくる。煙のにおいはどんどん強くなった。町の中心部の混乱している様子が、気配から伝わってきた。叫ぶ声、重い軍用荷馬車が立てるにぶい車輪の音、規則正しい行進の足音も聞こえてきた。

レットが馬の頭をぐいとひっぱって、別の通りに入った時、耳をつんざく爆音がした。あたりの光景が震える。西側に巨大な火柱と煙が上がった。

「きっと最後の爆薬を載せた貨車を、爆発させたんだな」

　レットの声は冷静だ。

「どうして朝のうちに移動させないんだ。もっと遠くで火をつければいいのに。時間はたっぷりあったのに。さて、まずいことになったぞ。町の中心を迂回《うかい》すれば、火事を避けて無事に町の南西に出られると思ったんだが、これじゃマリエッタ通りを横切らなきゃならない。今の爆発は、おそらくあの通りだろう」

「それって、どういうこと。まさか火の中を通るんじゃないでしょうね!?」

「急げば間に合うかもしれない」

　レットは荷馬車から飛びおり、どこかの庭の暗闇《くらやみ》に消えた。戻ってきた時には小枝を手にしていて、それで馬の傷だらけの背中を容赦なく打ちすえた。馬は苦しそうに早足になった。荷馬車はがくんと前に揺れて、乗っていたみんなは投げ出された。まるでポップコーンがはじけたみたいに。赤ん坊は泣き叫び、プリシーとウェイドは荷台の側板に体を打ちつけた。二人とも大きな悲鳴をあげたけど、メラニーは声も出さなかった。もしかすると気絶してるのかもしれない。

マリエッタ通りが近づくにつれて、木は少なくなっていった。建物の上まで高くあがる炎が、通りや家々を昼間みたいに明るく照らし出していた。

闇の百倍もおそろしい明るさ！　ぬめぬめとした光が、あたりを地獄に通じる道みたいに見せている。どうしてこんなにまぶしいの。地獄ってこんなにまぶしいものなんだ……。

怖くて怖くて、どうしていいのかわからない。炎の熱さをこんなに頰に感じているのに、寒くて体が震えている。

私はレットに身を寄せ、必死に腕をつかんだ。顔を見上げる。もうこの男しか頼る人はいない。何か言って。励まして。大丈夫だよと私に言って頂戴《ちょうだい》。

レットの浅黒い横顔は、炎を背景にくっきりと浮かび上がっている。こちらを見る。レットの目に恐怖がまるでないことにびっくりした。この地獄を楽しんでいるかのようだ。目がキラキラしている。

「これで」

彼はベルトに差したピストルに手をかけた。

「これからいろんな奴《やつ》が、この馬車を奪おうとするだろう。その時は白人だろうと黒人だろうと、とにかく撃て。ただしパニックのあまり、このおいぼれ馬を撃ったりするなよ」

「私、ピストルなら持ってるわ」

小声で言った。

「え、どこで手に入れたんだ」

「チャールズ。私の夫が持っていたもの」

「おお、なんと。君は夫を持っていたことがあるのか」

レットはくすくす笑った。全くなんて男なの。こんな時にふざけるなんて。

「じゃあ、どうして私に息子がいると思うのよ。さあ、急いで！」

「息子をつくる方法はいくらでもあるさ。夫がいなくても……」

「もう黙って。そして急いでくれない」

マリエッタ通りにさしかかった時、レットは不意に手綱をひいた。そこは倉庫の陰でまだ火の手がまわっていなかった。

「兵士だ」

通りを兵士たちが進んでくる。思い思いの格好でライフル銃を持ち、頭を垂れていた。疲労のあまり急ぐことも出来ず、背中も丸まっていた。みんなボロボロの軍服を着て、両側の燃えさかる木材にも、もうもうと立ちこめる煙にも目をとめようとしない。多くの者が裸足《はだし》で無言で歩いている。あまりにも静かなので、規則正しい足音が響いてこなかったら、幽霊の集団だと思ったかもしれない。

「よく見ておけ」

レットが低い声で言った。

「南軍の大義が退却するさまを、しっかりとこの目で見た、と孫たちに話してやれるからな」

なんてひどいことを言う男なの！　確かにみすぼらしい人たちかもしれない。だけど私たち南部の兵士なんだ。それなのに逃げる身の上で、彼らをあざ笑うなんて許せない。

私は久しぶりに死んだチャールズのことを思った。それからもちろんアシュレも。私のまわりにいつもたむろしていた、タールトン家の双児や、その他たくさんの男の子たち。南部の男たちの、必ず勝つという傲慢《ごうまん》さや無知は、かなり私をうんざりさせた。でもそれはいっときのこと。この兵士たちは、こんなにひどい格好になるまで、南部の土地と私たちを守ろうとしてくれたんだ。

そうよ、あなたみたいに白い上着を着て、逃げようとする男とは違うんだから！

私は、助けて、一緒に逃げて、とすがったことをすっかり忘れ、レットを激しく憎悪した。

こんな男、大っ嫌い。

その時、近くで木材が焼け落ちる大きな音がした。荷馬車の上の、倉庫の屋根を火の舌がなめていく。次の瞬間、炎が高くあがった。さっきとは比べものにならないほどの、熱い煙が鼻を覆《おお》い息が出来ない。

レットは馬の背に、力いっぱい小枝を叩《たた》きつけた。おいぼれ馬は必死で走り出す。荷馬車は激しく揺れながらマリエッタ通りを走り抜けようとした。行く手に炎のトンネルが見える。荷馬車はそこにつっ込んだ。一ダースの太陽ほどのまぶしい光。熱い！　熱いわ！　私の体は燃えてるんじゃないかしら。燃えていく、燃えていく……。そして私は死ぬんだと思ったら、不意に薄闇の中にいた。

脇道に入り、また別の脇道に入り、狭い小道から小道へと曲がりくねって進む。

やがて炎は遠ざかり、道は真暗になった。町から私たちは脱出したんだ。

「ああ、レット……」

さっきまで本当に憎たらしい男だと思っていたが、今は感謝しかない。

「あなたがいてくれなかったら、私たち、どうなっていたか」

彼は私の方を見た。そこにはもう嘲笑《ちょうしょう》や皮肉はない。ただ怒りだけがあった。そしてレットは沈黙している。聞こえてくるのは、赤ん坊の弱々しい泣き声や、プリシーの時々鼻をすする音だけだ。

やがてレットは荷馬車で何度か直角に曲がった。すると今までよりもずっと広くて平らな道に出た。向こうに森が影のように続いている。

「もう町の外に出た」

レットはそっけなく言った。

「ここはラフ・アンド・レディに向かう本道だ」

「急いでよ。止まらないで」

「馬にひと息つかせてやらなければな」

荷馬車を止めた。また沈黙。どうして。急いでよ。早く私のうちに。

「スカーレット、君はまだこのいかれた計画をやりとげるつもりでいるのかい？」

「どういう意味」

「タラに帰るのを諦めてないのか。しかしそれは無理だ。君とタラとの間には、リー将軍の騎兵隊と北軍がいて戦ってるんだぞ」

それってどういうことなの？　だからあなたがうまく立ちまわって、私たちをタラに連れて帰ってくれるんでしょう。

「ええ、そうよ。私はタラに帰るの。だから早く馬車を出してよ。急いでるの。お願いよ」

「ちょっと待ってくれよ。この道を通ってジョーンズボロには行けない。線路をたどるのも無理だ。このあたり、あちこちで戦闘があったんだ。他の道を知らないか？　細い馬車道とか、私道とか。ラフ・アンド・レディやジョーンズボロを通らずにタラに行ける道を知らないか」

「知ってるわ！」

ああ、よかった。そういうことなのね。

「ラフ・アンド・レディの近くまで行けば、本道からそれて何マイルか遠まわりするけど、荷馬車用の道があるわ。よくお父さまと遠乗りに出かけた道よ。マッキントッシュさんの農園の近くに出るの。タラからほんの一マイルのところよ」

「よし、君はたぶん無事に通過出来るだろう。リー将軍が午後いっぱい、あそこで退却の援護をしていたから、北軍はまだ来ていないだろう。たぶん君は通り抜けられる。リー将軍の配下に馬を取り上げられなければね」

「私が⁉」

思わず叫んだ。

「私が？　私が通り抜けるの？」

「そうだ、君がやる」

ノーと言わせない厳しい声だった。

「でもレット、あなたが――、あなたが、私たちを連れていってくれるはずじゃないの」

「いや、僕はここでお別れだ」

私の頭はどうかしてしまったの？　でもレットは今確かに言った、お別れだと。

「お別れって、どういうことよ。どこに行くつもりなの？」

「軍に入るんだよ、お嬢さん」

白い歯が見えた。冗談よね。でもどうしてこんな時に冗談を言うの。レットが軍に入るなんて、あんなに馬鹿にしていた軍隊じゃないの。

「もう締め殺すわよ、こんな時に。さあ、冗談をやめて早く行きましょう」

「冗談じゃないよ、お嬢さん。僕のこの気高い精神を、もっと感動をもって受け止めてくれよ。いったい君の愛国心はどうした？　我らの輝かしき大義への愛はどうなってる？」

愛国心？　大義？　もちろん本気で言ってるわけじゃないわよね。私たちをこんな暗い道に置き去りにするつもり？　まさかね。死にかけている女と、生まれたての赤ん坊。そしてアホな小娘とおびえている幼児。この私たちを置いてきぼりにする気なの？

「レット、冗談はやめてよ」

私はレットの腕をつかんだ。腕をつかんだ私の手は、今、驚きと怒りの涙をぬぐったばかり。レットはその手首にキスをした。

「最後まで身勝手な女だな。そうじゃないか、お嬢さん。わが身の安全が第一で、気高き我らの南部連合のことはまるで頭にないんだからな。この土壇場の、最後の最後にきてのオレの登場で、わが軍がどれだけ励まされるか考えてもみろよ」

「からかってるのね」

私はわっと泣いた。

「どうしてこんな真似が出来るの。どうして私を置き去りにするの」

「どうしてって言われてもなあ」

レットはのんびりとした声で笑った。

「南部人特有の感傷病にかかったかもしれない。さっき少年も混じって退却する兵隊を見ていたら、ふっとそんな気になったんだ。もしかすると、自分を恥じてるのかもしれない」

「恥じてるですって？」

私は叫んだ。

「あなたはもっと恥ずかしいことをしようとしているのよ！　こんなところで無力な私たちを見捨てようとしているのッ。かよわい女たちを置き去りにしようとしているの！」

「君がかよわいだって。とんでもない」

レットは大げさに驚いてみせた。

「君みたいに身勝手で強い人間は見たことがない。万が一、北軍が君をつかまえたら、とんでもないことになるはずさ」

レットは突然荷馬車から降り、こう命じた。

「降りろ」

何なのよ、これ。どうして私に命令するの。言うことを聞かなかったら、すごい力で私の両脇に手を差し入れた。乱暴に下におろす。そしてずるずると私をひきずっていった。荷馬車から少し離れたところで、私たちは向かい合う。土や砂利が靴の中に入り込んで痛い。だけど暑い夏の闇がまわりを包んで、私は今起こっていることが現実とは信じられない。

「わかってくれとか、許してくれと言うつもりはない。君がどう思おうと、もうどうでもいいんだ。なにしろオレ自身が、どうしてこんなドン・キホーテ的な精神が残ってたんだと困惑してるんだ。だけどとにかく、オレはこれから戦争に行く」

レットは不意に笑い出した。どうして、いったいどうして、こんなことになるの？　私はあっけにとられたまま。

「スカーレット、愛してるよ」

レットの力強い手が、私の腕をつかんだ。

「先月のあの夜、ポーチでつい憎まれ口を叩いたが、オレは君を愛してるんだ。本当に」

どうしてこんな時に、置き去りにする女に愛の告白をするのかまるでわからない。

「オレたちは似た者同士だ。どっちも裏切り者で、自分勝手な悪党だ。自分の身が安全なら、世界が滅んだっていいと思ってる」

レットは静かに私を抱き締めた。太ももの硬い筋肉が体にあたる。私の胸に彼の上着のボタンが押しつけられて、きゅっと痛い。私は置き去りにされる恐怖と怒り、そして彼に抱かれる心地よさに、頭の中がごっちゃになっている。何も考えられない。ただぼうーっとしている。

「スカーレット、愛国者になってくれ。死に向かう戦士に美しい思い出をくれ。キスを許してくれるだろう」

その前に彼はもう唇を押しつけている。口髭《ひげ》ごと、唇が強くあたる。体中が熱くなる。こんなキスは初めて。チャールズや、他の男の子たちとしたキスとはまるで違う。現実の世界が、ふうーっと遠ざかるようなキス。

しかもレットの唇は、私の唇からずうーっと下りていって、喉《のど》をすべっていく。こんなキスってある？　私は声も出せず、体をのけぞらせた。彼の唇は胸元のカメオのところまで行く……。

「かわいいよ」

彼はささやいた。

「なんてかわいいんだ……」

私はあまりの心地よさに、へなへなとくずれ落ちそうになった。このまま地面に倒れても構わないと思った瞬間、ウェイドの叫ぶ声がした。

「ママー、怖いよー」

バラ色に溶けかかった私の脳味噌に、さっと冷たい正気が走った。

この男、本当に私たちを置いていくつもりなんだ。そしてこれまでの駄賃に、私にキスをした。それもものすごくイヤらしい、男の欲望むき出しのキス。

「この人でなし！」

思わず声が出た。

「下劣で、臆病で、いやらしくて、傲慢なサイテーの男！」

もっと罵《ののし》ってやりたいけど言葉が浮かばない。だから私は腕を振り上げた。残っている力のすべてを込めて平手打ちを食らわせた。

「やれやれ」

レットはつぶやき、私たちはまた闇の中で向かい合う。

「やっぱりそうだったわ。みんなが言うとおりだった。あなたは紳士じゃないわ」

レットはかすかに笑ってる。私のいらつきは頂点に達した。

「行きなさいよ、今すぐ！　急いで頂戴。もう二度とあなたとは会わない。北軍の砲弾に直撃されればいいんだわ。それでこっぱみじんになればいい気味」

「オッケー、そこまででいい。オレが国のために身を捧《ささ》げた時、君が後悔して泣いてくれることを祈ってるよ」

レットは笑いながら向きを変え、荷馬車の方に歩いていった。そしてうって変わった礼儀正しい声。

「ミセス・ウィルクス、大丈夫ですか」

プリシーが答えている。

「バトラー船長、メラニーさまはとっくの昔に気を失ってます」

「だったらその方がいい。意識があったら苦痛に耐えられないだろう。ほら、プリシー、頑張っているほうびにこれをやろう。今以上に馬鹿になるなよ」

プリシーに硬貨を渡している。

「はい、ありがとうございます」

レットがこちらを見ていると思ったけれど、私は振り返らなかった。やがて彼の足音が遠ざかっていく。

「じゃ、さようならスカーレット」

しばらく気配がしたけれど、何も聞こえなくなった。

私は荷馬車に戻った。膝ががくがく震えていた。本当に彼なしで、私は旅を続けられるんだろうか。


木々の間から朝の光が差し込み、私は目を覚ました。窮屈な姿勢で眠っていたので体がこわばり、とっさにどこにいるかわからなかった。

半身を起こそうとして、ウェイドの頭にぶつかった。私の顔の前にはメラニーの素足があり、プリシーとウェイドの間には小さな小さな赤ん坊が眠っていた。

その瞬間、すべてを思い出した。

果てしなく続く夜、轍と大きな石ころだらけの真暗な道を、ただひたすら荷馬車で揺られて進んだこと。両側の深い溝に荷馬車の車輪がはまりこんでしまった時に、私とプリシーとで火事場の馬鹿力で持ち上げたこと。兵士が近づいてくる物音がすると、敵か味方かわからないまま、嫌がる馬を木立ちに追いたてた。今思い出してしも怖くて震える。咳《せき》やくしゃみ、赤ん坊の泣き声、ウェイドのぐずる声にびくびくした。

闇の中、騎兵隊と軽砲がすぐそばを通り過ぎていったこともある。兵士たちのすえたにおいを感じたぐらいに。

やっとラフ・アンド・レディに近づくと野営のあとの焚《た》き火がいくつか燃えていた。リー将軍の最後の部隊が残していったものだ。

あれほど何度も馬を走らせた道だったのに、それが見つけられず一人すすり泣いた。ようやく見つけた時は、馬がもう動かなくなった。プリシーと二人がかりでひっぱっても、立ち上がろうともしなかった。

仕方なく馬から馬具をはずした。ボロ馬は、もう限界だったんだ。ぐったりして荷台によじのぼり痛む脚を伸ばした時、弱々しい声が聞こえた。

「スカーレット、お水を少しもらえる？　お願いよ……」

私は「水はないわ」と答え、そのまま眠り込んでしまったんだ。

そして今、朝が来た。世界は相変わらず穏やかで、あたりの空気と緑は輝いていた。空腹と疲れで体が痛い。痙攣《けいれん》している。この私が、いつも上等の羽根布団の上で眠っている私が、野良仕事を終えた奴隷のように板の上で眠っている。

やっと起き上がった時、メラニーの姿が目にとまり、ぎょっとした。真白い顔をして目を閉じている。死んでしまったんだわ。やつれはてたお婆《ばあ》さんみたいな顔に、髪がかかっている。だけどすーっと呼吸した。生きてた。ほっとした。やっぱりここで死なれるのは嫌だもの。

私は片手を目の上にかざし、あたりを見わたした。目の前に砂と砂利が敷かれた私道が延びている。

まあ、ここはマロリー家じゃないの？　よく知っているおうち。だけど農園は死の静けさに包まれていた。芝生が、車輪や人の足でさんざん踏み荒らされていた。

そして私のよく知っている古風な白い邸宅はなく、黒焦げの二本の煙突だけがあった。

北軍にやられたんだ。マロリー家がこうなっているということは、タラも焼かれているの？

今は何も考えてはいけない。私はそう決心した。考えたらまたおびえてしまうもの。

「起きなさい、プリシー」

私は怒鳴った。

「さあ、井戸に行って水を汲《く》むわよ」

「だけどスカーレットさま、誰かが死んでるかもしれません。幽霊が出るかもしれませんよ」

「荷馬車から降りないなら、私がお前を幽霊にしてやるわ。さあ、水を汲むのよ。馬にも持っていかなきゃ。もしかすると死んでるかもしれないけど、とにかく水をやるのよ」

力はわいてこない。だけど何かを始めなきゃ。

24

つき抜けるような青空を見上げた。

タラまではあとせいぜい十五マイル（二十四キロメートル）ぐらいなはず。うちの馬に乗ればあっという間の距離だけど、このおいぼれ馬なら丸一日かかるだろう。

私はヒッコリーの枝を、容赦なく背中に打ちおろしたけど、のろのろ一歩ずつ歩くだけ。仕方ない。さっきは倒れていたのを、水を飲ませてまた立たせた。

歩いた方がずっと早い。だけど荷台には、メラニーと赤ん坊が眠っている。とんでもないお荷物だ。

息子のウェイドとプリシーだけだったら、てくてく歩いていけたかもしれなかった。だけど息もたえだえのメラニーと、気味の悪いほどおとなしい赤ん坊をここに置いていくわけにはいかない。私は後ろを振り返った。ぎらぎらと照りつける九月の太陽の陽《ひ》ざしで、荷台をちゃんと見ることが出来ないぐらい。

ボンネットを脱いで、プリシーの方に投げた。

「メラニーにかけてあげて」

だって仕方ない。横たわっている身に、この陽ざしは耐えられないはずだ。そのかわり私は、タラに到着する頃には、肌がボロボロになっているはず。この私が、帽子やヴェールなしで陽なたに出るなんて！　手袋をはめずに手綱を握ったことだって一度もない。白く美しい肌はレディの証《あかし》と、ずうっと言い聞かされて育ってきたんだもの。

それなのに帽子もなく、ばさばさの髪のまま、こうしておんぼろ荷馬車を操っている。お母さまが見たら、きっと驚いて声も出ないに違いないわ。

お母さま……お母さま……。私のタラは本当に残っているの？　皆は無事でいるの……。

だって昨夜のアトランタ脱出以来、私は生きている人間に一度も出会っていない。道の両端は、死んだ兵士、死んだ馬、死んだラバが横たわっているだけ。

遠くで牛が鳴くこともない。それどころか鳥の鳴き声もしない。聞こえてくるのは、疲れきったこのおいぼれ馬が歩く音と、時たま聞こえてくる、猫みたいな声。メラニーの赤ん坊が弱々しい声で泣いてるんだ。

どうやらまだ生きてるらしい。よかった、とも私は思わない。

早く、早く、タラに帰りたい。

お母さまに抱きついて、わっと泣こう。お母さまはこう言うだろう。

「さあ、静かになさい。もう大丈夫よ」

そして召使いたちにてきぱきと指示をして、メラニーと赤ん坊のめんどうをみるだろう。

「お母さま……お母さま……」

いつのまにかつぶやいていた。

夕闇《ゆうやみ》が迫る頃、ついに本道に入った。ここからタラまでは一マイルだ。マッキントッシュの家の地所のはじまりを示す、バイカウツギの生け垣がぼんやりと黒い影を浮かびあがらせている。

屋敷はすぐそこだ。だけど真暗だった。屋敷にも奴隷小屋にもあかりはまるっきりついていない。二本の高い煙突が巨大な墓石のようにそびえたっていた。二階はといえば……焼かれて真黒になっていて窓がぽっかりと壁に穴を開けている。

「こんにちはー」

私は叫んだ。声の限りに。

「こんにちはー、誰かいませんか⁉」

やめてくださいよと、プリシーがしがみついてきた。

「何が起こるかわかりませんよ」

本当だ。幽霊が出てきそうだと、迷信なんかまるで信じない私でも思った。

へなへなと座り込む。この焼けただれた屋敷はタラなのかもしれない。タラはこからすぐのところ、同じ道沿いにある。北軍《ヤンキー》はもちろん立ち寄ったはずだ。タラもここと同じ目にあっているに決まっている。

お母さまは？　お父さまは？　妹たちはどうなってるの……。

ああ……と絶望のあまり、思わず声をもらした。タラへ帰りさえすれば、すべては大丈夫だと思っていたのに！

その時だ、近くの草むらから不意に音が聞こえた。私の絶望は、たちまち恐怖へと変わった。

「ギャーッ！」

大声をあげたのはプリシーだ。荷台につっぷしてしまった。

「幽霊だ、幽霊が出たー！」

「お黙り」

私はゆっくりと向きを変え、小枝の鞭《むち》でプリシーの背を叩《たた》いた。

「お黙りったら！　この馬鹿娘」

その声に牛の鳴き声がかぶさった。赤と白の大きな牛が草むらから出てきたのだ。

「何よ、これ」

「マッキントッシュさんとこの牛じゃないですか。北軍にとられないように森に放したんですよ」

「じゃあ、連れていくわ。その赤ん坊のミルクがとれるわ」

「スカーレットさま、どうやって連れていくんですか。牛なんか連れていけませんよ。それに最近乳しぼりをしていない牛は役に立ちません。あんなに乳が張って、はじけそうになってます。だからこんなにつらそうに鳴いてたんです」

「そんなに牛に詳しいなら、おまえがペティコート脱いで、それを引き裂《さ》いてあの牛をつなぎなさいよ」

「スカーレットさま、私はもう一ヶ月もペティコートをはいてません。もしはいていても牛をつなぐなんて無理です。牛なんて触ったこともないしぃ……」

もうこんな馬鹿娘につき合ってはいられない。私は自分のスカートをまくり上げた。レースの縁取りのついたペティコートは、私の最後の美しいもの。破れても汚れてもいなかった。

そう、このリネンとレースは、最後の封鎖破りでレットが持ってきたもの。一週間もかけて、私がペティコートに仕立てた。ブラウスにすることも出来たけど、あえて下着にした。だって、それが残された私の誇りのような気がしたからだ。

だけど口にくわえて、思いきり力を込めた。ぴりっと裂けていく。何度も同じことをして、やがて細長い布を何枚かつくった。最後にそれを結んで紐《ひも》をつくった。布をいじったら指のまめがつぶれて血が出ていた。

「これを牛の角にかけるのよ」

「牛はおっかないです。私は家働きの黒人《ニガー》で、野働きじゃないんですから」

「お前はただの黒人《ニガー》よ」

怒鳴りつける。

「お父さまがお前を買ったのは一生の不覚だったわね」

本当にそう。お父さま付きのポークの、妻と子が別々に住んでいるのは可哀そうだといって、ウィルクス家からディルシーとプリシーを買ったんだわ。

「この腕がまたちゃんと使えるようになったら、さんざんこの鞭で叩いてやるからね！」

睨《にら》みつけてから、私は深い自己嫌悪にかられた。召使いのことを黒人《ニガー》と呼ぶのを、お母さまは絶対に許さなかったからだ。それと、召使いを鞭で叩いたりするのも。

私は御者台に戻ろうとしたけれど、疲れがひど過ぎてめまいを起こしてしまった。しばらく体を支え、はあはあと息をする。

メラニーの声がした。

「スカーレット、もううち《ホーム》についたの」

わが家《ホーム》。その言葉を聞いたとたん、私の目からぽろぽろと涙がこぼれた。目の前には、焼け落ちたマッキントッシュ家の屋敷が見える。

わが家《ホーム》。もうそんなものは存在しないのよ。ここにあるのは、焼け跡と死ばかりなのよ。

でも私は進んだ。

わが家《ホーム》が待っているとはこれっぽっちも思ってなかったのに、それでも馬を歩かせなければならなかった。だってそこにとどまることは死ぬことを意味しているんだもの。

死ぬか、進むか。

だったら進むしかないでしょう。

ついに坂の下までやってきた。

かつてタールトン兄弟が、毎日のように馬で駆けてきた坂。そして私もギャロップで上がっていった坂。

ひと息で家につく道。なだらかなはずだったのに、こんなに急だなんて。この倒れそうなおいぼれ馬で、とてものぼっていけるはずはない。

私は地面に降り、馬の勒《くつわ》をとった。

「降りなさい、プリシー。ウェイドも連れてくるのよ。お前がだっこしてもいいし、自分で歩かせてもいいわ。赤ちゃんはメラニーの隣りに寝かせなさい」

ウェイドは泣き始めた。

「暗くて、怖いよー。いやだよー」

おまけにプリシーまで、荷台から降りようとしない。

「スカーレットさま、私、歩けません。足にまめが出来てすごく痛いんです。私とウェイド坊ちゃまなら、そう重くないし……」

「降りなさい。さもないとひきずりおろすわよ。それともここに置いておこうか。一人ぼっちでね」

あたりは薄暗い。私は泣きじゃくるウェイドとプリシーを連れて歩き始めた。

「男の子でしょ。泣くのをやめなさいよ。さもないとひっぱたくわよ」

どうして子どもなんかこの世にいるんだろう。うるさくって泣いてばかり。何の役にも立ちはしない。おまけにまわりがいつもちやほやしてくれるものと思ってるから、わがままなことを言う。

どうして子どもなんか生まれるんだろう。

そもそも、どうしてチャールズ・ハミルトンと結婚したの。どうして、どうして、私はこんなにお腹を空かせて、こんなつらい目にあってるの……。

「スカーレットさま」

プリシーが私の腕をつかんだ。

「タラに行くのはやめましょう。あそこには誰もいませんよ。みんなどっかに逃げちゃったはずです。もしかしたらみんな、死んじゃったかも。私の母さんもみんな」

それはたった今、私が考えていたことだった。

「お黙り！」

私は大声をあげる。かっとして、私の腕に食い込むプリシーの指をふりはらった。

「だったら、お前はずっとここに座ってなさい」

「そんな。嫌です」

「だったら黙りなさい」

馬のよだれが、私の手にかかる。馬は一歩一歩、坂を歩いていく。

馬だってわかるんだ。

進むか、ここにとどまって死ぬか。

ついに坂をのぼりきった。目の前にタラのオークが現れた。

わが家《ホーム》！　私は必死であかりを探した。だけど何も見つからない。

やっぱりないんだわ。なくなってしまった。タラ、わが家《ホーム》はあとかたもなく消えたんだ……。

だけどもう一回だけ目をこらした。ヒマラヤスギの枝がたけだけしく繁っている先に、タラの白い煉瓦《れんが》が見えたような気がした。これは錯覚なの⁉　本当にあるの？

もう一度見る。暗くなった向こうに確かにタラの家が立っていた。

わが家《ホーム》、わが家《ホーム》！　白い壁も、ベランダもそのまま。窓にはカーテンがひるがえっている。

嘘《うそ》でしょ！　タラが無事だなんて、すぐそこのマッキントッシュ家は焼きはらわれていたのに。

私はさらに進む。その瞬間、影のような輪郭がはっきりとした形をとった。闇の向こうに確かに白い壁が見える。煤《すす》で汚れてもいない。タラは無事だった。だけど疲れ過ぎていた私は、走り寄ることも出来ず、のろのろと最後の数歩を歩いた。

人影が現れた。誰かがいる。

ああ！　私は歓喜の声をあげた。だけど何か変。おかしい。あたりは不気味な静けさに包まれたままだ。人影は動こうとはしない。

誰なの？　何なのよ、これ。私が帰ってきたのよ。

人影はやがてゆっくりと動き始め、階段をおりてくる。ぎこちなく、ゆっくりと。

「お父さまなの？」

あまりの違和感に、私は大きな声も出せない。かすれた声でささやいた。

「お父さまなの？　私、スカーレットよ。スカーレットが帰ってきたのよ」

お父さまは黙ったまま、こちらにやってきた。まるで夢遊病の人みたい。しばらく呆然《ぼうぜん》と私のことを見つめ、私の肩に手を置いた。その手がぶるぶると震えている。

「スカーレットなのか……」

「そうよ、お父さま」

抱きつこうとしてやめた。私の知っているお父さまじゃない。活気に溢《あふ》れたお父さまじゃなくて、ウェイドみたいなただおびえている目。

どうしたの？　いったい何があったの？　恐怖で足が凍りついたみたい。質問することさえ出来ないんだ。ただじっとそこに立っていた。

荷馬車から赤ん坊の泣き声が聞こえた。お父さまはそっちを見る。ほんのちょっとだったけれど、人間らしさが戻ったみたいだった。

「メラニーと赤ちゃんよ。一緒に連れてきたの」

「メラニーか……」

お父さまはつぶやいた。

「メラニー、今日からここがあんたのうちだ。ウィルクス家のオークス屋敷は焼けてしまった。今日から一緒にここで暮らしなさい」

お父さまがやっとまともな言葉を発したので、私もようやく現実に戻った。メラニーと赤ちゃんを一刻も早くやわらかなベッドに寝かせないと。

「運んであげて。メラニーは自分では歩けないの」

その時、私たちに気づいたんだろう。玄関ホールから足音が聞こえ、人影が現れた。ポークだ。ポーク、ポーク！

「スカーレットさま、スカーレットさま！」

私はポークの腕を強くつかんだ。このうちの黒人たちをたばねているとても大切な人。ポークは目をうるませた。

「スカーレットさま、無事にお帰りになられて……」

プリシーも父親を見てわっと泣き出した。ウェイドまでつられてべそをかく。

「ボク、喉《のど》がからから。お腹も空いてるよー」

私はてきぱきと指示をした。

「ポーク、メラニーが赤ちゃんと荷馬車の中にいるの。あなた、二階まで運んで頂《ちょう》戴《だい》。プリシー、ウェイドを中に連れていって。水を飲ませてあげなさい。マミイはどこ？　私が呼んでいると伝えて」

そしてすべてが動き始めた。ポークは荷馬車からメラニーを運び出した。メラニーはぐったりして、ポークの肩に頭をもたせかけている。プリシーは赤ん坊を抱き、空いている手でウェイドの手をひいていった。

私はお父さまと向かい合った。大切なことを質問しなきゃ。最後の手紙では妹たちがチフスにかかったって書かれていたけど……。

「みんなはよくなったの？　お父さま」

「娘たちはよくなってきている」

沈黙があった。「娘たちは」ってどういう意味なの。ある考えが不意に浮かんできた。静まりかえっているタラ。真先にとび出してくる人がいない。怖い。でも聞かないわけにはいかない。

「お母さまは？」

「母さんは昨日死んだ」

意味がわからない。そんなはずはないわ。わが家《ホーム》。わが家《ホーム》にたどりついたんだもの、お母さまがいないはずはないわ。奥の小さな仕事部屋。あそこに行けば、ライティングデスクの前に座っているお母さまがいるはずよ。私を見つけたら、顔をあげてにっこりと笑ってくれるはず。甘い香りと衣《きぬ》ずれの音をさせて。

「まさか……。そんなこと信じられないわ……」

「いや、母さんは昨日死んだ。母さんは昨日死んでしまったんだ……」

お父さまは同じことを繰り返している。そうよね、お父さまは戦争のショックで、ちょっとおかしくなってるんだわ。お母さまが死ぬわけなんてないわ。きっとこのうちのどこかで寝ているんだわ。

ポークがまたおりてきた。そうよ、ポークならまともなことを教えてくれるわ。でもすぐには聞けなかった。

「ポーク、どうしてうち中真暗なの？　ろうそくを持ってきて」

「ろうそくは奴《やっ》らがみんな持っていきました。もう一本しか残ってません。それももうじき燃え尽きてしまいます。マミイは豚の脂にぼろ布をさしてあかりにしていますよ、キャリーンさまとスエレンさまの看病をするためです」

ポークはお母さまのことを言わなかった。私は不安で立っているのもやっとだ。

「じゃ、その残った一本を持ってきて」

私は言った。

「お母さまのお部屋に」

ポークはなぜかぐずぐずしている。私もその方が都合がよかった。矢継ぎ早に質問をしていく。

「ポーク、使用人は何人ぐらい残っているの？」

「スカーレットさま、くだらないクズどもはみんな逃げてしまいました。北軍と一緒に行った奴もいますし」

「それで何人残ってるのよ!?」

私は苛立《いらだ》って声をあげた。

「私がおります、スカーレットさま。それとマミイも。マミイは一日中お嬢さま方の看病をしております。それからディルシーも。その三人でございます」

農作業の者も入れて、百人はいた黒人が今は三人しかいないなんて。疲れで首がずきずきする。我慢しなきゃ。震えたりうわずったりしてはいけない。

落ち着け。落ち着くのよ、スカーレット。手をひとふりすれば、十人の召使いがとんでくるようにふるまうの。

「ポーク、お腹が空いて死にそうなの。何か食べるものはある？」

「食料は奴らがみんな持っていきました」

「菜園があるじゃない」

「奴らが馬を放ちました」

めちゃくちゃにしたってことらしい。

「丘のサツマイモ畑も？」

ポークの厚ぼったい唇に笑みが浮かんだ。

「スカーレットさま、イモのことをすっかり忘れていましたよ。北軍どもはサツマイモをつくらないから、きっとただの根っこだと思ったはずです」

「もうじき月がのぼるわ。いくつか掘ってきて焼いて頂戴。それからひき割りトウモロコシは？　干し豆は？　鶏肉《とりにく》はあるの？」

「ありません。奴ら、ここで食べきれなかった鶏肉は鞍《くら》にくくりつけて持っていきました」

奴ら、奴ら、奴ら。もうこれ以上聞きたくないわ。

「スカーレットさま。マミイが床下に埋めておいたリンゴが少しあります。今日はそれを食べました」

「じゃあ、サツマイモを掘りに行く前に、それを持ってきて。それからポーク……」

ちょっとためらった。この家でそんなことを頼むことに。

「私、疲れて気が遠くなりそうなの。地下にワインはある？　ブラックベリーワインでもいいから持ってきてくれない」

「いや、スカーレットさま、奴らは真先にあそこに行きましたから」

「ワインもないのね……」

ひと口だけでも飲めたら。このくらくらしそうな疲れと空腹を癒やしてくれるはずだったのに。だけど私はあることを思いついた。

「ポーク、お父さまが埋めたコーンウイスキーは？　オーク樽《だる》に詰めてブドウ棚の下に埋めたでしょう」

ポークはまた微笑《ほほえ》んだ。それは私への敬意に溢《あふ》れていた。

「スカーレットさまは本当に頭がいい。あの樽のことはすっかり忘れておりましたよ。だけどあれは、埋めてまだ一年しかたっていないし、ウイスキーはレディが召し上がるものではありません」

なんて頭でっかちなの。この期《ご》に及んでレディの飲み物なんて。

「このレディとお父さまにはウイスキーがお似合いなのよ。ポーク、急いであれを掘り出して。それからグラス二つと、ミントと砂糖を持ってきて。混ぜてジューレップをつくるわ」

「スカーレットさま」

　ポークは今度は私をちょっと馬鹿にした目で見た。

「スカーレットさま、タラにはもうずっと砂糖なんてありませんよ。ミントは奴らの馬が食い尽くしてしまったし、グラスもみんな奴らに叩き割られました」

　もうイヤだ、イヤだ。もう一回「奴ら」と口にしたら、私は金切り声をあげるからね。

「じゃあ、いいわ。ウイスキーを急いで持ってきて。さあ、早く。そのままで飲むわ」

　ポークが仕方なく体の向きを変えた。そのとたん、ウイスキーよりも大切なことをいくつか思い出した。

「ああ、そうだ、馬と牛を連れてきたのよ。牛はすぐにでも乳しぼりをしてやらなきゃいけないわ。それから馬具をはずして、馬に水を飲ませてあげて。マミイに乳しぼりを頼んで、メラニーの赤ん坊に沸かせて飲ませてやって頂戴。そうでなきゃ、赤ん坊が飢え死にしてしまうわ」

「あの、メラニーさまではダメなんですか……」

男が口にする話題ではないので、ポークは言いよどんだ。

「メラニーはお乳が出ないのよ」

お母さまが聞いたら失神しそうなことを、私はさらっと言った。

「それならスカーレットさま。メラニーさまのお子さまの世話は、うちのディルシーにまかせてください。うちのディルシーも子どもを産んだばかりなので、二人分は充分に出ますから」

「えっ、お前のところにも赤ちゃんが生まれたの？」

どうして戦争のさなかに、赤ん坊をつくったりするんだろう。私には信じられないわ。

「はい、丸々太った大きな男の子で」

ポークは嬉《うれ》しそう。あのプリシーに弟が出来たってわけだ。

「じゃあ、メラニーはディルシーにまかせるわ。マミイには牛の世話を頼んで。それからあの可哀想な馬を小屋に入れるようにって」

「馬小屋はありません。北軍が薪《まき》にして使いましたから」

「もうこれ以上、奴らがしたことを言わなくていいわよっ！」

私はついに癇癪《かんしゃく》を起こした。

「ポーク、二人に赤ん坊と馬の世話を頼んだら、お前はすぐにウィスキーとサツマイモを掘りに行ってよ」

「でもスカーレットさま。あかりがないとイモは掘れません」

「薪を使えばいいでしょう！」

「薪はありません。奴らが……」

「それを何とかしなさいよ！　とにかく掘ってきて。今すぐに、急いで」

私の剣幕におそれをなして、ポークは出ていった。大切なことを忘れてたわ。たった一本残ったろうそくを持ってきてもらうことに。

私はお父さまと二人とり残された。怖《おそ》れていた時間がやってきたことを知った。

でもすぐにはきけない。

「どうしてタラは焼けなかったの？」

質問の意味がわからないみたいに、しばらく間《ま》があった。

「奴らはこの家を本部に使ったんだ」

このわが家《ホーム》を？　まさかね。お母さまが住んでいるこの場所に、北軍が入り込んでいたなんて。

「そうだ。奴らがやってくる前、川向こうのウィルクスのオークス屋敷から煙が上がるのが見えたんだ。あそこの娘たちは使用人と一緒に、メイコンに避難していたから心配はいらなかった。うちもメイコンに逃げたかったが、娘たちの具合がひどく悪くなった。そのうちに母さんも。だから行けなかった。黒人たちは煙を見て逃げ出した。荷馬車もラバも盗んでいった。だがどうすることも出来ない。娘二人と……、母さんの三人を動かすことは無理だったからな」

「ええ、そうよね」

お母さまのことは言わせてはいけない。どうか言わないで。話題を変えて、お父さま……。

「北軍どもはジョーンズボロに向かうところだった。川を通ってやってきた。何千人も何千人もやってきた。大砲も何千とあった。わしは玄関ポーチで奴らに向き合った」

お父さまがそんなことをしたなんて。胸がいっぱいになった。そうよ、お父さまはずっと勇敢だったもの。

「出ていけと奴らは言った。この家を焼くと。出ていかないと、わしが中にいるまで火をつけると言ったんだ。だからわしは言った。この家には病人がいる。腸チフスで動かすことは出来ん。三人の瀕死《ひんし》の女ごと、家を焼くなら焼けとわしは言った。すると若い士官が……、彼は紳士だったよ」

「北軍が紳士ですって。何を言ってるの？　お父さま」

「いや、紳士だった。軍医を連れて戻ってきてくれたんだよ。その医者が娘たちを診てくれた。母さんも」

「何ですって。北軍をお母さまの寝室に入れたの？」

お父さまはそれには答えない。

「医者は親切に手当てをしてくれた。そのうえ確かに病人がいると報告してくれて、それでタラは焼かれなかったんだ。そのかわり、なんとかという将軍と部下が群をなしてやってきた。病室以外の部屋は全部占拠された。そして兵士どもは……」

目が慣れてくると、お父さまの顔が無精髭《ぶしょうひげ》でいっぱいなのがわかった。顎《あご》の肉もたるんでいる。気力をふり絞って、という感じでお父さまはまた話し始めた。

「兵士は家のまわりの、いたるところで野営したんだ。トウモロコシ畑にも、牧草地にもいた。夜には千の焚《た》き火が燃えていた。奴らは馬小屋も納屋も、燻製《くんせい》小屋も全部壊して薪にした。牛も豚も鶏も放した。わしの七面鳥まで……」

お父さまが大切にしていたあの七面鳥。食べられてしまったんだ。

「奴らはいろんなものを奪っていった。絵も家具も、食器も」

「銀器は？」

「たぶんマミィとポークが井戸に隠したと思う。わしは娘たちと母さんと一緒に階上《うえ》にいたから、奴らとはほとんど顔を合わさなかったよ。一番よく会ったのは例の若い軍医だ。本当に親切な男だった。毎晩様子を見に来てくれた。去っていく時、薬も置いていってくれた。そしてこう言ったんだ。娘たちはきっとよくなるだろうと。だが、母さんは、母さんはとても弱っていると言ってた。弱り過ぎていて持ちこたえられないだろうと」

そしてまた黙った。

それってどういうことなの。

お母さまはやっぱり駄目だったということなの。本当に持ちこたえられなかった

 っていうことなの。

教えて、お父さま。

でもやっぱりまだ言わないで頂戴。今夜はまだ言わないで。私は疲れて疲れて倒れそう。もし本当のことを聞いたら、そのまま死んでしまうかもしれない。

（第4巻につづく）

読者のみなさまへ

本文には現代の観点から見ると、差別的とされる表現が含まれていますが、当時のアメリカ南部における奴隷制度や白人たちの人種差別・偏見を描いた原作『風と共に去りぬ』の執筆当時の時代状況と文学的価値を鑑み、敢えて原文を尊重した表現としました。

翻訳協力　関口真理、土井拓子

I am Scarlett

火の海と化したアトランタから脱出し、必死の思いで故郷タラにたどりついたスカーレット。愛《いと》おしい家族の胸に飛び込むはずが、妹たちは病床に伏せ、父はうわ言を言い、母は前日に命を落としていた。明日の食糧にも窮する中、一家の主《あるじ》となったスカーレットは自らを奮い立たせる。ある日、一人の北軍兵士が屋敷にやってくる。物陰から様子を見ていたスカーレットはついに……。逆境に立ち上がるヒロインに拍手したくなる感動の第4巻。

荒廃した故郷タラの姿に言葉を失う
スカーレット。そして彼女は誓う

2021年春

小学館文庫より
待望の第4巻、発売

―――本書のプロフィール―――

本書は、月刊誌『きらら』二〇一九年十一月号から二〇二〇年五月号に掲載されたものを一冊にまとめた本です。